陳言熔 —— 著

天歌

那年初夏，我出生在緝毒大隊裡。
我出生後的第一眼，看見的就是閃閃發光的警徽。

父親是緝毒警察的阿兆，從小生長在警察局中，
常常聽局裡的叔叔們講爸爸拆地雷、抓犯人的英勇事蹟。
但阿兆媽媽卻擔心兒子的安危，便帶著兒子來到丈夫生長的海灣，故事便從這裡開始……

天歌

目錄

天歌

引子

夕陽下的海灘，寧靜而美麗。遠方的晚霞與海水連成一片，天上的雲變幻出炫目的金色，一抹一抹、或濃或淡潑灑在暗藍的天幕上。我站在北崖遠望，沙灘也變成古銅色的了。在黃昏的沉靜中，來自遠方的波浪，發出粼粼幽光，層層疊疊地湧上岸來，歡快奔跑著，在沙灘上畫出一條條白色的弧線。爸爸說，他從小就喜歡靜靜聆聽大海的聲音，能感受它的博大和深沉，海浪聲裡充滿了陽剛和理性。直到後來我獨自駕船穿越北崖以後才明白，海浪的聲音是漁家傳遞的生命的密碼，與時光同行而不朽。我年少的夢裡，因為有天邊的那片海而不再孤獨。

天歌

海灣

一

車窗外出現了一片湛藍的大海，無邊無際。海水是皎潔無比的藍色，海波平靜得如春晨的河流一樣。偶爾微風，吹起了絕細絕細的千萬個閃耀著粼粼金光的小皺紋，這使那片照射在陽光之下的金光燦爛的水面顯得溫柔可喜。我從沒見過那麼美的海！天空是皎潔無比的蔚藍色，只有幾片薄紗似的輕雲平貼於空中，就如一個仙女，穿上了絕美的藍色夏衣，而頸間卻圍繞著一段柔美的白紗巾。我真的從來沒見過那麼美的海天！白色的海鷗在海面上盤旋疾飛。我也是第一次看見一輪那麼大那麼圓的太陽，透著紅彤彤的光暈，從天邊的水平線上一跳一跳躍出來。

海風帶著鹹絲絲的味道，吹進我的鼻腔。這裡的一切，對於十歲的我來說，是陌生而又新奇的，讓我充滿了無限的希冀和嚮往。

「阿兆，把鞋穿好，我們快下車了。」媽媽拍著我的頭溫和地說。

「長官，遵命。」

「嗚——」列車一聲長鳴，目的站到了。

媽媽提著旅行袋下車，我緊緊跟在媽媽身邊，生怕自己走丟了。四處看了看，我這擔心好像真有點多餘，在這熙熙攘攘的人群中，媽媽一百七十二公分的身高絕對占優勢。

在我的記憶中，火車站是破舊並且擁擠的。只見火車站煥然一新，火車站的牆壁白得可以照出人的影子，而且開了許多家商鋪為人提供商品，還有火車站的工作人員幫著把旅客的行李推上火車呢！我們到了火車站出站口處，人一下變多，我們在人群中被擠來擠去，我緊緊拉著媽媽的手臂。我一邊往前擠，一邊緊緊拉著媽媽，好不容易擠出站才鬆口氣。準備出站了，我回頭一望，這個火車站可真大啊！

六條鐵軌像銀蛇一樣並排伸向遠方。一下子一輛列車轟隆隆地進站，一下子一輛列車嗚嗚出站，這些火車可真忙碌。

火車站很小，只有一條鐵軌通過。我常常在吃過晚飯後，一個人爬上高高的山上，在山坡上靜靜遠望著車站。我發現紅色車殼的列車是不會停的，直接呼嘯而過，只有綠色車殼的列車才會短暫停留。我和媽媽過來時，就是坐綠色車殼的火車，再坐上紅色車殼的列車到這裡。媽媽告訴我，綠色車殼的是慢車，紅色車殼的是特快車，我們出遠門就得坐特快車。

隨著人群移動，快到票口的時候，我突然看見了幾個打扮時髦的大男孩。他們高高瘦瘦的個子，染著黃黃的頭髮，背上背著一些稀奇古怪的黑色盒子還在人群中大聲地喧嘩著。我機警地拉了拉媽媽的衣角，伸出右手握住了胸前的哨子。

「阿兆，不怕！在這裡誰也不認識我們。那些大哥哥是做音樂的，背上的盒子裡裝著的是演出用的樂器。」媽媽回頭看著我緊張的眼神，再看了看那幾個男孩，微笑著彎下腰，在我耳邊輕輕地說。

「媽媽，您怎麼知道？」

「阿兆，我們不能光看表面，還要學會仔細觀察。」我似懂非懂地點了點頭。放鬆警惕後，我朝著媽媽笑了。

走出火車站，我們坐上了一輛公共汽車。一條沿海公路蜿蜒向東伸向遠方。汽車在這條公路上飛快奔跑著。這裡的大海從眼前到天邊，都透著一種藍色，乾淨而又神祕。潮來了，洶湧的潮水，後浪推前浪，一排排白花花的潮水簇擁著沖過來，雷霆萬鈞，勢如萬馬奔騰。大海霎時間彷彿變成了無邊無際的戰場，海風吹著尖厲的「號角」，海浪似乎是千百個英勇的戰士，向海岸猛烈地進攻著，發出隆隆呼喊。岸上千斤重的巨石，只要被潮水輕輕一拂，就彷彿一下子「沉」到「海底」去了。一排排浪撞在岸上，濺起一片片浪花。這壯觀的海潮，使我感到，在浩瀚無邊的大海裡，蘊藏著多少力量，就像爸爸說的，這茫茫的海水能引起人無限的遐想。海面上有幾艘漁船在穿行，掛著彩旗，鳴著汽笛。

太陽已經升起來很高很高了，萬道金光在海波的折射下顯得非常美麗。

海灣

今天，我穿著一件白色的長袖，一條牛仔褲，胸前晃動著我心愛的哨子。這個哨子是爸爸給我做的，我很小的時候爸爸就把它掛在我胸前。他告訴我遇上危險的時候，就可以吹響哨子，爸爸媽媽就會來到我的身邊。

汽車在一個公車站上停下了。我像一隻小猴子一樣，從車上跳下來，朝著大海的方向，呼喊道：「大海，我來了；海灣，我來了……」

真如爸爸描述的一樣，這裡是一個半島，三面環水，一面靠山。從小時候起，爸爸就告訴我很多關於海灣的新鮮事。爸爸說，一般人家建房子都是坐北朝南，但是海灣的房子是坐西朝東修建。爸爸還說，在漁村的最東邊有我們林家的老屋，已經有四百多年的歷史了。逢年過節，大家就可以在老屋的戲台前觀看三叔公的提線木偶表演。三叔公什麼故事都能表演，他最喜歡演《水滸傳》、《三國演義》、《西遊記》，每一部戲裡面的英雄都是爸爸兒時的偶像。爸爸認真地告訴過我，他最喜歡的英雄是趙子龍將軍，他歷經百戰，身上卻連一個傷痕都沒有，可見此人有勇有謀。

從前，爸爸也試著想為我做一個趙子龍將軍那樣的提線木偶，可是因為他工作總是很忙，每一次都不成功。現在，我回到海灣了，看提線木偶表演，成了我心裡的一個願望。相信有一天，我一定會坐在林家老屋的戲台前，像兒時的爸爸一樣，看提線木偶在三叔公的手裡活靈活現，我還想聽聽爸爸口中那些關於英雄的故事。

二

「阿母，您怎麼來了？」媽媽突然對著一位老奶奶問道。

「算著日子，你們也是快要到了，剛賣完水蝦仔過來車站看看哩。你們還真到了。」

老奶奶用很不標準的國語對媽媽說道。

望著眼前的老奶奶，我一下跑到媽媽身後，探出頭，打量著她。

「阿兆，快，快過來叫阿嬤。」

我被「阿嬤」這個稱呼弄糊塗了，一直往媽媽身後躲。

年幼的我還不知道，這個上身穿著無領左襟衫、下身穿著黑色直筒褲、頭戴寬簷尖頂竹帽，黑黑瘦瘦的老奶奶，就是爸爸的母親。當我看到這位慈祥的老奶奶向我張開雙臂的時候，我的內心充滿了一種惶恐和抗拒，因為有一種初次相見的陌生感。直到後來，海灣發生了很多的故事，我才慢慢地明白，那張開的雙臂不僅養育了我的爸爸，還是能夠擁抱天地間一切生靈的宇宙，是一輪普照大地的太陽。

「阿兆仔，讓阿嬤看看你了。」老奶奶再一次張開手臂。我仍然用手拉住媽媽的衣衫不願撒開。

「阿母，阿兆這孩子在所裡長大，有些怕生，過兩天玩玩熟悉了，很調皮呢。」

「好，好呢，沒事了。這性格像他阿爸，見生人就怕醜（羞）了。」老奶奶望著我微笑著說道。

我看見老奶奶把小包的行李放進了她的竹籃，媽媽則把一個最大最重的行李袋背在背上。她們親熱地走在一起有說有笑。走出大約五十公尺遠後，我們開始轉彎，沿著一條石子鑲成的路往斜坡上繼續走著。老奶奶走前面，媽媽走中間，我走最後。

老奶奶雖然國語說的不標準，但是一點也不影響她和老奶奶之間的親切交談。我很好奇她們怎麼那麼熟悉？我一邊走一邊四處看，快要落後時，我又跑幾步追上媽媽。

走到石子路盡頭的地方，我回過身來，看著近處的村落和不遠處的大海，撫摸著胸前的哨子，心裡默默地念道：爸爸，我看到海灣了，你長大的地方。

海鷗從漁村上空飛過，迎風展開雙翅，借助風力在空中滑行。海鷗比我的腳步還要慢些，我快速跑出幾步，牠們已經落在我身後了。

抬頭仰望，時間彷彿在這一刻靜止不動，頭上的雲朵向西移去，午後的太陽照著這片海邊漁村，這裡的房屋呈現出古樸的韻味。四月的太陽照在人身上微微發熱，老奶奶的皺紋被太陽曬開了。爬上石梯，轉了兩個彎，老奶奶推開了一個小院子的門。院子裡非常整潔，屋簷下掛著許許多多魚乾，一股海腥味撲鼻而來。

老奶奶走了進去，媽媽也跟著走了進去，我卻木然站在門口。

「媽媽，我們不是去奶奶家嗎？」

「阿兆，傻兒子，這裡就是奶奶家呀。這位就是你的親奶奶啊！」媽媽的話讓我有些糊塗。

媽媽想了想，像是明白了什麼，笑著說道：「阿兆，奶奶就是阿嬤，阿嬤就是奶奶。」

媽媽走過來拍拍我的頭。「阿嬤的阿兆仔，你聽懂了沒有啦？」

一聲呼喚，我抬起頭，再一次與一雙含著熱淚的眼睛相遇。對，這就是愛呀，血濃於水的愛。這種眼神，我曾經在爸爸他們所裡看見過。祖孫二人，隔著警車相望。爸爸媽媽說，這是他們今生的最後一眼。可我和奶奶不一樣，這是我們今生的第一眼，溫情而又難忘。

「奶奶，奶奶……」

「阿兆仔，乖乖啦，叫一聲『阿嬤』。」

「阿嬤，阿嬤……」

「哎！我的乖仔。」我看見阿嬤臉上的皺紋一下加深，咧開嘴笑著，像海風中盛開的一朵菊花。

「阿蘭，你們回來啦！」

我回頭一看，從屋裡走出來一位老人。這個人不用猜就知道，一定是阿公。爸爸和他長得太像了。他們都有著高高直直的鼻梁，挺拔的身材，特別是那雙眼睛，深邃而悠遠，寫滿了堅毅。

「阿爸。」

「嗯，阿蘭，這一路帶著阿兆仔都還順利吧？」「阿爸，我們一路都很好。」

「阿公……」我一下衝到阿公面前，大聲叫道。「喲，阿兆仔都長這麼大啦，十歲了吧？」

「阿公，我還不夠十歲。」面對我的親人們，我不再有陌生感。

「是的啦，還差一個月零十一天呢。」阿嬤望著我微笑著。

我有些驚奇，阿嬤怎麼會記得那麼清楚？

「哦，是這樣嗎？讓阿公抱抱你啦。」我一下從地上跳了起來，蹦到阿公懷裡。

「喲，有重量呢。以後，我們都要開始學習講國語了，為了我們的阿兆仔。」

我看見，阿公和阿嬤開心地笑了。

三

房子分上下兩層樓，篾籃裡曬著魚乾、大蟹、淡菜、蝦仁、螞蝗……阿嬷一一為我介紹。對於我來說，這些海洋生物可真有意思。我好奇地摸摸這籃，弄弄那籃，海鮮對我絕對有吸引力，我恨不得把它們都吃進我的肚子裡。媽媽見我在院子裡玩得高興，囑咐了我幾聲，她便和阿公、阿嬷走進屋裡去了。

他們在裡面小聲談論著什麼事情，我聽不太清楚。我知道，一定和這次爸爸在所裡立下大功有關。時間一點一點地過去了，我一個人穿過屋子，來到了露天陽台。哇！這裡能看到整個北崖！崖邊的礁石延伸到了海裡，形狀各異，都是黑色的，遠遠望去，像龍爪般探入大海。阿公還在露天陽台上種了幾棵我叫不出名字的風景樹。這裡可真美啊！

阿公、阿嬷從裡屋出來的時候，我明顯感覺到他們臉上的表情和先前是不一樣的，透著一絲沉重。

「阿兆仔，肚子餓了沒啦？」阿嬷的眼睛紅紅的，可她仍然笑著問我。

「阿嬷，餓了，早就餓了，肚子都『咕咕』叫上了。」

「好，阿嬤這就去幫你做飯了。」

「阿嬤，我要吃這個，這個，還有這個……」我跑到屋簷下拿了許多的乾海鮮，有叫得出名字的，有叫不出名字的。

「阿兆，你眼睛永遠都比肚子大，你吃得下嗎？」媽媽略帶責備地看著我說道。

「吃得下，吃得下，不信你摸摸我的肚子吧。」

「好啦，這些阿嬤都幫你做。」

「阿母，你別聽他的，之前帶他出去吃飯，他經常這樣。上次阿道為了幫他吃完點的米粉，拉了兩天肚子。」

「不嘛，這些我都要吃，就是嘗嘗。」我生怕阿嬤聽了媽媽的話，連忙撒起嬌來。

「阿兆仔別急，我們慢慢吃，這裡什麼海鮮都有。等阿公出海了，幫你抓棱蟹回來，又鮮又甜的啦。今天中午，我們就給你和媽媽蒸一隻螃蟹吃，好不好？」阿公聽到我的撒嬌聲，微笑著從屋裡走出來。

「阿公，就一隻螃蟹？」

「啊，是的啦，就一隻。」

「阿公，一隻夠不夠吃呀？」

「應該夠吧。」阿公說完，意味深長地望著我和媽媽笑了。

我在院子裡跑來跑去玩耍，廚房裡飄出的海鮮香味縈繞了整個小院。

午餐終於上桌了。阿公把餐桌擺在了露天陽台上，幾隻小黃雞圍著桌子打著轉，好像是想等著主人灑落地上的美食。阿嬤做了美味的高麗菜飯，飯裡放了五花肉、胡蘿蔔、香菇乾、干貝、墨魚仔乾。我站在桌邊，香氣四溢，望著飯鍋裡，不禁吞了一下口水。

「阿公，螃蟹呢？」

「在這裡，來啦，來啦，阿兆仔，小心燙著啦。」

阿嬤從廚房裡端出來一個盤子。

我踮起腳尖一看，果然是大螃蟹。天底下居然還有這麼大的螃蟹，一隻就滿滿一盤，我笑得都合不攏嘴了。

阿公走過來摸著我的頭問道：「阿兆仔，夠了沒？」「呵呵，夠了夠了。」說完，我連跑帶跳地來到院子左邊的房間裡，叫媽媽出來吃飯。一進房間，我就看到媽媽在擦拭她那支閃著寒光的手槍。這是之前爸爸交到媽媽手裡的。我一出現，讓媽媽一下把槍放進她的貼身口袋裡，站起身，笑著和我一起來到院子裡。

兩碗高麗菜飯下肚後，我還盯著盤子裡的半隻螃蟹。

「阿兆仔，多呷（吃）點。你阿爸就是從小能吃，才長那麼高的啦。」

「真的？」

「那當然。那年，你阿爸只有十九歲，不光因為他成績優異，還因為他一百八十三

海灣

公分的身高，一下就被警校挑中了……」

我從阿公臉上看到了自豪。我的腦海裡不禁浮現出爸爸穿梭在叢林中帶著警犬一起訓練的身影，高大、帥氣。

「媽媽，我還要吃螃蟹。」

「好，媽媽幫你剝。」

「來啦，阿兆仔嘗嘗這個。」阿公把一隻蟹腿熟練地掰斷，放到我的碗裡。我用牙齒咬破了後，取出一塊白白的蟹肉塞進嘴裡。

「阿公，真甜。」

「好吃啦，這蟹叫紅鱘，是馬祖最有名的大蟹了。」

「哦，這蟹還有名字呀？」

「當然有，不僅有名字，它們還有來歷呢。這蟹是三月分來到這片海域的，每年七月一過就要回到東海去。漁民們要抓它們上岸，必須凌晨兩三點就起床，開船到靠近島那邊，然後下到海底去抓，那裡的水深八公尺左右。」

「阿公，為什麼還要規定時間呢？是怕去晚了，別人抓走了嗎？」

「當然不是了，在這個時間裡，大蟹們都在呼呼睡覺，迷迷糊糊的才好抓到牠們的啦。」

「那抓蟹的人不睡覺嗎？」「阿兆仔，海邊人家靠海吃海。海捕都是有時間的，人人都得遵循。十四歲成年禮後，男孩子們都要出海的啦。如果出到外海，少則半個月，多則七八個月都有啦。勤勞就是我們活下去的根本呢。」

「阿公，什麼叫成年禮？」

「一個人獨自駕船，繞海灣一周，穿過北崖，平安上岸。」阿公指了指不遠處的北崖，笑著對我說。今天，阿公還跟我講了許多海邊的故事，我聽得津津有味。對於這片神祕的海灣，我就像在翻閱一本寫滿特殊符號的謎語書，需要我細細尋，慢慢想。

「阿蘭，今天怎麼吃那麼少啦？記得你第一次來海灣吃了高高一堆蟹殼。我和你阿母從此就認定你做我們林家的媳婦了。」媽媽不好意思地笑了起來，把我抱在了她的膝蓋上坐著。

「阿爸，我那時剛剛大學畢業，見什麼饞什麼。您老人家都還記得啊？」

「記得。只是這兩年你們不常回來了。我知道，你們的工作壓力更大了，我和你阿母日夜都為你們擔心啦。」

「沒事，阿爸、阿母，你們不用擔心。」

「阿蘭，阿兆今年都十歲了。你和阿道在一起十幾年了？」

「阿爸，我和阿道在一起十五年了。」

十五年真快啊，轉眼間，我已經長成了十歲的男孩。

四

入夜後，一家人圍著桌子閒聊著。媽媽從包裡拿出信紙，打算寫信給爸爸。阿公和阿嬤在旁邊，說著想對爸爸說的話，媽媽一一記了下來。

「阿道，在工作中要細心，一是為了把任務完成好，二是為了你的安全。阿爸阿母都挺想你，過年了，能來團聚一次嗎?」阿公想了一下，又覺得不妥，「阿道，你還是好好努力吧，你做出了成績，我和你阿母都感到欣慰，比你回來還高興……」

信寫到最後的時候，我聽到阿公和阿嬤說把我留在海灣挺好，請爸爸放心之類的話。聽到這些，我立刻哭了。在我離開時，爸爸媽媽就神神祕祕幫我收拾行李，特別是我上火車時，爸爸抱著我，在我的臉上狠狠親了一口，依依不捨叫了聲「兒子」。難道爸爸媽媽真的要把我永遠留在這邊嗎?

看著我的眼淚，媽媽無奈地搖了搖頭，阿嬤把我摟在了懷裡。在我的堅持下，媽媽把信末尾那幾句話畫掉後，我才止住了哭泣，放下心來。

晚上，我選擇睡在爸爸的房間。靜靜躺在床上，我聽到海浪用力地拍打著岩石，在這夜深人靜的夜晚，聲音更加清晰，帶著大海的雄渾。

第一晚，我因為不習慣海浪聲，本來貪睡得像小豬一樣的我居然失眠了。

房間北面有幾扇窗戶，起身推開窗戶，從這裡望出去，就能看見不遠處的北崖。月光從窗外照了進來，房間內的一切都清晰可見。這個房間裡充滿了爸爸的味道，進門的舊書桌上，放著爸爸的相片，那是他在警校的大門口照的。那時的爸爸神采奕奕，閃耀著青春的光華。

看著爸爸的照片，我特別思念百里之外的河流。我和爸爸、媽媽的家就在河流旁邊，那裡一年四季都很美。特別是夏天的傍晚，我會像一條小魚一樣在河流裡游泳。爸爸很早就教會了我游泳，他說我和他一樣，是海的兒子。遇到媽媽下班早的時候，她就會在靠河邊的露台上做飯。我在河裡開心玩著，一下潛入水裡，一下浮出水面，朝著媽媽做著各式鬼臉兒。換下警服的媽媽，一改上班時的嚴肅，憐愛地對著我微笑。晚霞的餘暉輕灑在河流上，很紅很美。如果真要從我心裡說出一句比喻句的話，河流就像一個女孩，而海灣就像一個男孩。

關上窗戶，一絲困意向我襲來，我躺在木床上閉上了眼睛。

四月的海灣，已經開始熱起來了，溫度已達到攝氏二十多度。我從枕頭下摸出哨子，熟練地戴在脖子上，光著腳從樓上跑下來。整個院子裡靜悄悄的，沒有阿公、阿嬤的身影。我一下衝進媽媽的房間，行李都還在，頓時鬆了一口氣。我心裡很怕媽媽把我留在這裡。可是一大早他們去哪裡了呢？我來到廚房，發現鍋裡熱氣騰騰的，一股鮮香

海灣

味撲鼻而來，是阿嬤做的蝦仔粥。我盛了一碗，坐在屋簷下的小木凳上吃了起來。

吃完早餐，這個院子就關不住我了。穿好鞋後，我順著昨天來的路線溜了出去。我在路上遇到很多漁民，他們有的挑著海產往村子裡來，有的往鎮上趕，都在忙碌著。我跟在他們身後心想：跟著他們走，一定能找到阿嬤她們。

越往東走人越多，更熱鬧了。我在人群中尋找著，找了半天，也沒有找到。看著密密麻麻的人們，說著我不熟悉的閩南話。我有些著急了，摸了摸胸前的口哨，一下吹起來，哨聲響亮。隨著口哨的聲音，熟悉的身影出現了，媽媽走到了我的面前，她有些著急地問我：「你怎麼來了？」

我沒有回答，而是被媽媽的打扮逗笑了。她也穿上了漁民服裝，戴著一頂寬簷尖頂竹帽，一塊黑花色的頭巾從帽沿圍了下來，遮住了媽媽的臉。

「媽媽，你真好看。」

「阿兆，不要在這裡擋著卸海貨，去那邊空地上玩去。」說完，她又朝大漁船走去。

媽媽出生地離這裡很遠，可這時的媽媽分明屬於這個海灣。

順著媽媽去的方向，我看見了阿公和阿嬤。他們回過頭來朝我微笑著。阿公穿著連體的水褲，在海岸與船之間來回穿梭著、忙碌著。阿嬤和媽媽互相協助，用扁擔抬起阿公搬過來的一個四方的竹筐，裡面裝滿海貨。筐裝得太滿，壓得扁擔都彎了。她們來回抬著筐，從海岸邊搬去過秤，再搬上車運走。海灘上的每個人都不閒著，用手裡的工具忙碌著。

我坐在稍高一處的大礁石上，看見許許多多花花綠綠的衣服與頭巾將海邊點綴得五彩斑斕，好似遠航輪上的掛旗一樣。每個人臉上都溢出幸福、滿足的笑容，充滿了對生活的渴望、期待……

有幾個漁民抬著筐從我身邊走過，我看見裡面的海蜇，每一片都有我的三四個手掌疊起那麼厚，攤開來可能比一個臉盆還要大。

我在人群中看著忙碌的阿公和阿嬤，望著漁民們被海風吹紅的臉，耳邊彷彿迴響起爸爸告訴我的一句話：海是浩瀚的，海是寬容的，海是勤勞的……望著眼前的情景，我不知道爸爸是在說海，還是在說這群靠海生活的人。

晚上吃過飯，媽媽從包裡拿出一本書：「阿兆，想跟我一起看書嗎？」

我看到綠油油的封面：「媽媽，你什麼時候買了一本書啊。」

「我前幾天買的呢，差點忘了。」

「媽媽都不早點告訴我，不看了。」我有點小失落。

「乖啦，阿兆，不讀書，以後就沒辦法做很多事，你要趁媽媽在家的時候多學知識。」

這是一本詩集，寫的是對母親的思念。媽媽說，以後她不在我身邊，我就多讀讀這本書，從裡面找到安慰。

海灣

越過黛磚碧瓦的遠古……

「媽媽，剛才妳講的黛磚碧瓦是什麼東西？」

「因為時間很久了，所以磚都變成黑色的了，瓦上長滿了綠綠的青苔。」

多美的圖畫啊，彷彿一座有了歲月痕跡的宅院就坐落在我們家門口。

洗落楚漢戰場的風塵……

「楚漢戰場是什麼呀？」

「就是秦朝末年的時候，項羽和劉邦打仗的戰場，以後你就會明白的哦。」

自我落地的那一時起，你的體溫裹我入睡，你的血液乳我成人……

「媽媽，我喝你的血液長大的嗎，好嚇人。」「阿兆你好可愛啦，是媽媽的血液變成了乳汁，再餵養你長大。」

「哦，原來媽媽真的好偉大，用乳汁餵養了我長這麼大。」

今夜，我又打你身邊走過流連於你最母愛的胸懷請准許我用最純最濃的客家鄉音喊一聲——阿媽。

我也跟著很有磁性喊了一聲媽媽。媽媽闔上書，幫我把衣服脫下，奇怪的是，我今晚很快就睡著了，我竟然沒有聽到半夜裡雨下得嘩啦啦的聲音。

五

來到海灣兩個星期了，我已經慢慢熟悉了這裡的一切。我會幫著阿嬤做魚乾、蝦皮、海菜，還懂得分類這些海貨——哪些留著我們自己吃，哪些可以拿到鎮上去賣個好價錢。

阿公見我把貝殼和魚蝦都分好了，笑著說：「阿兆仔，走，我們去鎮上賣點零用錢用用。」

這真是很有意義的事情啊，能透過自己的勞動換取零用錢，別提我有多開心了。我立即收拾好筐：「阿公，我們一起去吧。」

我一路歡快地唱著歌兒，真像一隻快活的小鳥。

走了一段路，阿公碰見個開三輪車的熟人，就和他打了招呼，那個大伯很愉快地讓我們上了他的三輪車。一路搖搖晃晃，我用力撐著身邊的筐，害怕它翻滾下去。

到了街上，阿公說：「阿兆仔，要有禮貌，該給跟大伯道謝啦。」

我鞠了一躬：「謝謝大伯。」

「阿兆仔，你真能幹啦，還會自己賺零用錢。」大伯蹺起大拇指誇獎我，隨後他的三

海灣

輪車又消失在人群中了。

受到別人的誇讚是不容易的，我要一直努力下去。海鮮市場就在對面。我們剛過去放下筐，一個阿姨帶著小女兒走了過來，小女孩的眼睛盯著筐裡的貝殼。照理說，生活在海灣的孩子都不覺得貝殼稀奇，因為他們從小見慣了。

阿公打量了一下她們母女倆：「小妹妹，喜歡嗎？」「媽媽，好漂亮的貝殼啊。」小女孩指著貝殼告訴媽媽。

哦，原來真的是外地人，看來今天找對人啦。

「買回去吧，能穿成風鈴，還可以做各種玩具。」

我不知道從哪裡學來的推銷話語，竟然自己幫自己的東西打起廣告來。

阿姨彎下腰來，細細地查看了，她很滿意，轉身問阿公：「阿伯，你準備賣多少錢呢？」

「也不貴，你看這麼多，一百五你拿走吧。」

「能不能便宜點呀，一百五好貴喲。」阿公擺擺手：「你看這個孩子，」他指著我說，「有時候天還沒亮就爬起來，趁著退潮的時候就跑到沙灘上去撿。並不是所有的貝殼都可以拿來賣的，有些貝殼不好看，我們都扔了。筐裡的都是挑選過了的哦。」阿姨用讚許的目光望著我，高興地打開錢包，數出一百五十元：「拿好，小朋友。」一百五十元又可以買一件衣服啦。

阿公從筐裡拿出五隻蝦，用塑膠袋包好：「送妳的啦，小妹妹，回去自己弄來吃吧。」

原來阿公很有愛心，我真是沒想到這些呢，要是能送給顧客一些小禮物，以後做買賣肯定更好做。

快到中午時，一個準備買菜的阿嬤看到我筐裡的魚蝦就買下了。今天我們總共賺了兩百七十五塊錢，真是太高興了，阿公不僅為我買了玩具，還幫我買了一件T恤。走在回來的路上，我想：能用自己的勞動換來穿的和玩的，那以後再加倍努力，生活就更有趣了。

阿公不出海的日子，就會泡上一壺濃濃的茶坐在露天陽台上，望著不遠處的大海，悠然地喝著。阿公說，大海連著天，而天邊有漁家人永遠追尋的夢。

媽媽經常坐車去鎮上。我知道，她是去打電話給爸爸打。海灣很落後，還沒有座機，如果哪家的親人在外面，必須到鎮上才能打電話。在那裡打電話的人可多了，要先排隊，有時候要等上一個小時左右。

今天，媽媽很早就出門了。我站在院子門前望了三次，仍然不見媽媽回來的身影。

「阿兆仔，來幫忙啦。」阿嬤在院子裡叫著我。

「阿嬤，我媽媽什麼時候才回來?」

「快了的啦，你又不呷（吃）奶了，還掛住（纏著）媽媽啊?羞不羞。」

「呵呵……」聽到阿嬤這樣說，我笑了起來。

「阿兆，阿兆……」一陣熟悉的聲音傳來。

「阿嬤，是媽媽回來了！」我從露天陽台上奔跑出來，哨子在我胸前晃動著。跳下堂屋門前的石梯，我一下撲進媽媽的懷裡。

「輕一點，把媽媽推倒了，這麼大了，還是不知道輕重。」媽媽一邊說著，一邊愛憐地撫摸著我的臉。

媽媽知道我賺了兩百七十五塊，又拿了二十五塊錢給我。

「媽媽，妳給我錢幹什麼？」

「阿兆能幹，這是媽媽獎勵你的。」

「真的嗎，那我已經賺了三百元了。」我高興地跳起來。

「不是，你要記住，你賺的是兩百七十五元，媽媽給你的是獎勵，不能混在一起。」

媽媽總是這樣在生活的細微之處教育我，我也明白了，別人的獎勵和自己的勞動是要分開的。

「阿蘭，和阿道說好了嗎？」

「嗯，阿母，都說好了。」

「哦，那好。我去準備一些魚乾啦。」阿嬤說完就向露天陽台走去。我知道，陽台上曬的魚乾還有螞蝗乾都是最好的。

「媽媽，你和爸爸說什麼了？」

「沒說什麼，就說阿兆很懂事，知道幫家裡忙，像一個小小男子漢了。」

媽媽說完，用手刮了一下我的鼻子，替我擦乾頭上密密的汗珠子。

今天的午飯比平時早，因為阿公出海去了。我和媽媽還有阿嬤圍坐著吃飯。媽媽像往常一樣一直往我碗裡夾著菜。阿嬤說保持愉快的心情吃飯，食物才會變成人體所需的營養，人就會長高，長得像爸爸一樣高高壯壯，將來也手握鋼槍完成自己的夢想。

今天，媽媽的臉色似乎有些不好。吃完飯後，她一個人回到房間裡就沒有再出來。媽媽說她要工作，叫我和阿嬤一起去露天陽台上玩。

抬頭遙望，今天的晚霞真美。一輪落日散發著金光，從小島群裡落下。形態各異的晚霞，把我帶入了無限神往的境地。再看看更遠處的晚霞，形狀更是令人無法想像：有的像八戒吃西瓜，有的像雄偉的山峰，也有的像奔騰的江水……這種光景並沒有持續很長時間，淡藍色的天空開始慢慢變得灰濛濛的，雲朵也隨著風開始移動，在夕陽的照射下，發出銀黃色的光芒。

晚霞的紅，是夕陽給的。遠處的漁船和塔山，依稀可見。在海灣的日子，我總是望著天上的雲彩發呆，它們總是變幻著掛在天上，展示著我看不夠的美。

「阿兆，快下來，媽媽帶你去北崖看日落。」

「好的，長官。」這麼美的事情，我當然一口答應。

海灣

媽媽今天穿了一件白襯衫，一條黑色的褲子。我早已經習慣她的這身打扮，顯得很乾淨。媽媽在我的心裡永遠是最美麗的女人。我牽著她的手，走上了北崖。媽媽今天的話很少，但我總覺得她有很多話想和我說，只是不知如何開口。我們並排坐在北崖上吹著海風，我靠在媽媽的懷裡，手中擺弄著哨子，靜靜聽著海浪拍打岩石的聲音。

「阿兆，你喜歡海灣嗎？」

「喜歡啊，阿嬤每天都給我做好吃的。」

「以前住的地方和海灣，你更喜歡哪裡？」「以前。」

「可是那裡危險！」

「我不怕。」

「爸爸媽媽怕，怕失去你。那些毒犯的眼睛都是血紅的，你知道嗎？」

「媽媽，您要走了？打算把我一個人留在海灣，對嗎？」我起身盯著媽媽的臉問道。

媽媽沒有回答，一陣沉默。過了很久，她才開口說：「阿兆，你知道嗎？你還在媽媽肚子裡的時候，我就特別希望你是男孩。在我的心裡，男孩比女孩兒堅強，你是媽媽肚子裡孕育的奇蹟。你要平安長大，踏著我和你爸爸的人生路前行……」

我哭了，媽媽也哭了。海風吹著媽媽的頭髮，一絲一絲沾滿了她的淚痕。我從脖子上取下哨子，狠狠砸到媽媽面前，轉身往家跑去，全然不理媽媽在我身後大聲的呼喊。

我就是想奔跑，忘記眼淚的味道。回到家我一下衝上樓，不想再說一句話。

阿嬤給我單獨做了一份晚飯，是蚵仔蒸粉絲。抵擋不了鮮香的誘惑，我大口吃了起來。阿嬤在我身旁，一直地叫：「慢點吃啦，別噎著啦。」

吃完飯後，阿嬤又安慰了我兩句。我心裡雖然沒有先前的難過，但還是開心不起來。阿嬤走後，我躺在床上翻來覆去。聽到媽媽上樓的腳步聲，我立刻不再翻動，用背對著門的方向。

媽媽推開門走進來，輕輕拍了我的屁股兩下，說：「這牛脾氣，像誰呢？」

「妳生的，妳說像誰？」

「阿兆，聽話。留在海灣，阿嬤和阿公會照顧你，在這裡你才是最安全的。」媽媽用她溫暖的手撫摸我的頭。

「可我不想離開妳和爸爸。」說話間，一顆淚珠從我眼角滾落。

「我們也捨不得你啊。如果讓你回去，就有危險。你是爸爸媽媽唯一的兒子。」

我轉過身來，看著媽媽的臉問道：「媽媽，你們愛我嗎？」

「傻兒子，怎麼會不愛呢？只是我們這個家和別人的家不一樣，你明白嗎？」

「你們永遠都愛我？」

「當然，不管你在哪裡，爸爸媽媽的心都牽掛著你。」

「那會不會有一天就不愛了呢？」

「會，當你附在爸爸媽媽的左胸上，聽不到『咚咚』的聲音，就代表我們不愛你了。」媽媽斜靠在床沿上，她的淚一滴一滴落在我的臉上，和我的淚融合在一起，打濕了我的臉龐。今晚，媽媽講了許多我小時候的故事，一直講啊講啊，直到我的眼皮開始變得沉重。不知幾時，我在媽媽的懷裡睡著了。

第二天早上，我伸手去摸身邊的媽媽，床上除了被子什麼也沒有。她睡過的地方空空的。媽媽走了，她回去了。枕邊擺放著我的哨子，淚水模糊了我的視線。

我跳下床，把哨子套在脖子上，向樓下奔去。推開媽媽的房間，床上的被子疊得整整齊齊的，行李不見了。

「媽媽，媽媽……」

阿嬤聽見我的哭喊聲，連忙從廚房裡走出來。我已推開院門，往公路邊跑去。「媽媽不可以這樣偷偷離開！媽媽不可以把我一個人留在海灣！」我絕望地呼喊著。

「阿兆仔，快回來啦，媽媽以後會常回來看你的啦。」阿嬤在我的身後追著，而我在前面飛快跑著。

我遠遠看見有一輛公車停了一下，一個人影上了車。我覺得那公車上一定有媽媽。顧不得穿鞋，石子路雖然刺得我的腳底很痛，但我跑得更快了。我一不小心，腳下沒有踩穩跌到了，膝蓋先著地，接著是雙手。阿嬤把我從地上抱起來時，我的膝蓋和手掌心都摔破了皮，一絲鮮血流了出來。那一刻，我感覺不到一點痛。

看著公車越開越遠，我使出全身力氣喊道：「媽媽，媽媽……」

「阿兆仔，聽阿嬤的話不哭啦，阿嬤天天做好吃的給你啦。」阿嬤流著淚緊緊摟著我。

「阿嬤，你放我下來，我要找媽媽。」

「媽媽早就走了，這個時間都上火車了。聽話，跟阿嬤回家啦。」

阿嬤見我不再掙扎了，就把我放到了地上。可我一下子又跑起來，一口氣跑到我們來時下車的那個站台。月台四周空空的，沒有一個人影。阿嬤陪我站在那裡，看到我摔傷的膝蓋和手掌，一下把我攬入她的懷抱。

兩個星期前，我和媽媽有說有笑來到這裡；兩個星期後，卻留下我孤零零一個人。

我會日夜思念爸爸和媽媽，思念河邊那個我長大的家。

回到院子裡，阿嬤在露天陽台上幫我清理著傷口，我一動不動坐在那裡。

「阿兆仔，你痛不痛啦？」

「阿嬤，媽媽說過什麼時候回來看我嗎？」我並沒有回答阿嬤的問題，而是迫切問著我想問的問題。

「過年吧。傻仔，媽媽也捨不得你啦。」「阿嬤，媽媽坐的火車現在到哪裡了？」

「算算啦，應該快到下個縣市了。」

「阿兆仔，你知道媽媽為什麼不帶你回去嗎？」

「知道……」我低下了頭，眼淚在眼眶裡打著轉。阿嬤摸摸我的頭，熟練地給我用紗布包紮好傷口。

我撫摸著胸前的哨子，回頭望向遠方的大海。

海灣

天歌

海灘九貝

一

媽媽走後，我被送到了海灣小學插班。學校到家步行只需十分鐘左右。我的學習成績在班上算中等，上課常常神遊，滿腦子想的都是爸爸和媽媽，還有關於那條河流的記憶。

看著班裡同學們各自都有屬於自己的朋友，我特別思念歡歡。我和歡歡的友情是我童年裡最絢麗的色彩。

在學校裡，我漸漸和阿翔哥哥混熟了。阿翔哥哥雖然只大我一歲，但他的膽子大得出奇，也非常頑皮淘氣，這與生性怯懦的我們班的許多小孩有著鮮明的對比。阿翔哥哥有些大膽的決定會令我心驚肉跳，心有餘悸。

阿翔哥哥的父親和母親結婚之前各有過一次婚姻，他們是重組家庭。他的母親生過兩個女孩，後來都夭折了。連續生了兩個女兒後，第三個才是阿翔哥哥。或許是因為阿翔哥哥長得可愛，加上是男孩的原因，全家人都把他當成寶貝。正是因為這種得天獨厚的寵愛，才鑄就了他的那種天不怕地不怕的性格。

阿翔哥哥小時候經常打架、惹禍這都無須細說。我最崇拜他的是有骨氣，從來不會在別人面前屈服。

有一天，我和夥伴們正在他家遊戲，突然聽到後院傳來幾聲尖叫，我們便急忙跑去觀看。只見哥哥和鄰居的一個小孩，手裡拿著一隻死烏龜。那隻死烏龜被野狗咬得面目全非了，看起來很噁心，可是他們還玩得很開心的樣子。見此情景，我和其他小夥伴嚇得都哇哇直叫大哭。

見我們被嚇得如此狼狽，阿翔哥哥反而更加興奮，把死烏龜湊到我們面前。後來，我總算有了勇氣，對阿翔哥哥說：「你把死烏龜弄到家裡來，萬一你爸爸媽媽回來聞到難聞的味道，一定要狠狠收拾你一頓。」

他聽了後似乎有點害怕，便和小孩一起，把死烏龜扔進了後面的河裡。

有一天，趁他父母不在家，阿翔哥哥帶著我又偷偷跑到山上，撿回來一枚日本人當年丟下的香瓜形狀的手榴彈。等到了家裡，他就把手榴彈放在門口，坐在門檻上來回滾動玩耍。阿公回來看到後，大為驚訝，也非常生氣：「你們兩個猴囡仔，跑到山上弄這些手榴彈幹什麼？」

「我們弄回來玩啊。」阿翔哥哥嬉皮笑臉地說。阿公徹底生氣了，一下從我們手上搶過手榴彈：「你們知道不，這是當年日本兵殺人的武器，萬一你們弄爆炸了，會把大家一起炸死的。」我張大了嘴巴：「阿公，真的會爆炸？」阿公鐵青著臉，指著山上說：「前幾年有幾個年輕人，也是像你們那樣去撿來玩，還用石頭去砸，結果『轟』一聲，當場就把兩個人炸死。」

阿翔哥哥站在原地，聽到阿公這麼一說，嚇得不敢說話。

「阿公，我們知道錯了，再也不敢了。」

「就是嘛，都請人搜查過一次，不知道你們從哪裡又找到的。」

「阿公，我們是從石縫裡發現的。」

「唉，算了，不怪你們，記住教訓就好。」

我也責怪自己年齡小，腦袋裡沒多少知識，還意識不到事態的嚴重。阿公為了給我們上一堂教育課，還講了很多當年日軍殘害人民的故事給我們聽。

他小心地提著手榴彈，帶著我們來到北崖，爬到山頂上，海風呼呼地吹。

「看到沒，就是這裡，當年的日本兵屠殺了幾十個人，他們都是無辜的人啊。」阿公望著下面的海灘，長長歎了一口氣。

阿公指著山崖下一塊巨石說：「孩子們，我把手榴彈從這裡丟下去，你們過來點，聽聽爆炸的威力。」說完，阿公舉起手臂把手榴彈丟了下去，砸在石頭上的一瞬間，「砰」一聲爆炸開來，連同巨石上的碎屑都飛起來了。

「啊，居然爆炸了，嚇死人。」阿翔哥哥不由得驚歎起來。

「幸虧你們運氣好，沒把它弄爆。」阿公說。「真是太可怕了。」「你們要知道，幾十年的炮彈、地雷依然會爆炸的，所以啊，你們玩別的可以，就是不能玩危險的東西。」

「知道了，阿公。」經過這次危險的教訓，我和阿翔哥哥又學到了教訓。

沒過多久，阿翔哥哥上學的時候先是遲到，後來

竟然經常蹺課、曠課，到山上瘋跑、到野外放火……老師去他家裡找，也沒看到他父母在家。有一天

我悄悄對老師說：「阿翔其實是跑到海邊抓魚去了。」老師一聽，帶著幾個很高的同學，午休期間趕往海邊，果然看到阿翔提著一個小筐在海灘淺水處找東西。

「阿翔，回來啦，你在幹嗎？」老師大叫。

阿翔回過頭一看，是老師來了，感到情況不妙趕緊跑。

老師踩著水跑過去，拉住阿翔，他的筐裡已經有些小魚小蝦了。

「阿翔，你一個人出來危險。」

「老師，你別告訴我爸媽可以嗎，你罰我什麼都可以。」

老師想了一陣，說：「行，就這次機會啦，我可以不告訴你爸媽，但你一定要老實自律。」

阿翔哥哥點點頭。

阿翔哥哥好像真的變了個人呢，從此以後，竟然沒有蹺課，也沒有遲到了。當然，

老師也沒有把他這件事告訴他爸爸媽媽。看來，他們兩人都守住了自己的約定。

阿公經常出海，這個小院子裡就剩下我和阿嬤。有海產回來的時候，阿嬤就挑著籃子去碼頭上幫忙。阿嬤更疼我了，無論她在做什麼，都習慣把我叫在身邊，生怕我走丟了。我下午放學回家做作業時，阿嬤也會把桌子椅子搬到我身邊，挨著我坐下，在旁邊靜靜看著我。她有時會自言自語說我長得像爸爸。

沒有海產回來的日子，阿嬤在院子裡從不閒著。她會幫著出海的漁船修補漁網。需要修補的漁網由出海的村民抬到我們家後院的露天陽台上，阿嬤把漁網鋪開，尋找破洞。

阿嬤跪在地上，梭子在她枯瘦的手中來回穿梭。阿嬤還會根據破洞的形狀和大小來確定修補的方法，不僅補出來結實耐用，而且速度快。阿嬤說，她一般用的是編補法，這種方法適用於小型破洞和裂縫的網衣修補。阿嬤一邊熟練地補著漁網，一邊告訴我這個網是捕什麼魚。我對補漁網興趣不大，但對捕魚就很感興趣了，蹲在阿嬤身邊問這問那。

因為阿嬤補漁網的手藝好，很多人出海回來，都會把刮破的網拿到我們家來補。阿嬤從不嫌累，她經常說，一個漁村就是一大家人，不用分彼此。阿嬤趴在地上補漁網，從日出到日落。村裡人知道阿嬤不收費用，也會給我們家帶來一些新鮮的海產。

夕陽西下的時候，我會思念爸爸媽媽。我常常一個人登上北崖去看日落。鹹絲絲的

海灘九貝

海風吹過北崖，彷彿還有那晚媽媽留下的味道。

海灣有幾十戶漁家，也有像我這般大的孩子，可是他們都忙著為家裡做力所能及的事情，並不和我來往。以前有歡歡，可海灣不一樣，我要學會面對孤獨。

我坐在北崖上，眼前彷彿浮現出歡歡圓嘟嘟的臉。不知道她現在被送到哪裡去了，我們的誓言她還記得嗎？

思緒飛到了那年秋天。

那時，媽媽每天都在緝毒大隊忙碌。爸爸的任務也變得特別多，經常不回家。看著緝毒大隊進出的車輛就知道，爸爸他們有大任務了。爸爸每見我一次，都會抱著我狠狠親上一口，他的鬍子刺得我特別痛。媽媽每天晚上都是和衣躺下，門外有一點聲音，她就會機警地坐起來，用手握住枕頭下的手槍。

有一天晚上，夜已經很深了。我從迷迷糊糊中醒來，是爸爸回來換鞋，手裡抱回來了一個小女孩。我揉了揉眼睛，驚訝地望著小女孩。媽媽從櫃子裡拿出來一雙登山鞋，放到爸爸腳下，接過爸爸手裡的小女孩兒後，問道：「這是誰家的孩子？」

「回來再告訴你們，好好照顧她。」執行任務前，爸爸什麼也不會說，變得異常嚴肅，我和媽媽都習慣了。

爸爸穿上鞋後，看了我們一眼，就走了。

「妳是誰？」我好奇地問她。

「我叫歡歡。」

「妳姓什麼呀？」媽媽抱起了她。

「阿姨，我姓唐。」

「哦，我知道妳是誰了。阿兆，她是新來的唐叔叔的女兒，得在我們家住幾天，你可不准欺負她。」媽媽好像想起什麼了，認真地告訴我。

「媽媽，她住幾天啊？」

「等她媽媽來了，他們就搬到緝毒大隊北邊去住。」「阿姨，您怎麼知道？」

「歡歡，我媽媽在緝毒大隊裡負責後勤工作。」歡歡聽後，點了點頭。

這張大木床上，多了一個歡歡。我用手去拉了一下她胖胖的小手，算是友好吧。歡歡咧開嘴朝我笑了笑，她和我一樣，缺了一顆門牙。

第二天下午放學，我一路小跑著從學校回家，一推開門，就看見我們家陽台上站著的歡歡。她的臉映著河流倒映的霞光，像一個紅蘋果。她用勺子伸進我最喜歡的蜂蜜罐裡，甜甜地吃著蜂蜜。我居然一點都不生氣，因為歡歡是我在緝毒大隊裡交到的第一個同齡的朋友。

我的出現，讓她不好意思地把蜂蜜罐放在了台階上。

「歡歡，吃吧，吃吧，我的蜂蜜以後就是妳的了。」我最快樂的日子開始了。我和歡歡白天一起上學，一起玩遊戲；晚上一起睡在大木床上數星星，一直數到我們的小眼睛都睜不開。

爸爸他們的那次任務完成後，唐叔叔正式調到了緝毒大隊，歡歡的媽媽也調到了我們的那所小學當老師。我和歡歡玩耍的範圍擴展到了河流、山。河流在緝毒大隊的前面，山在緝毒大隊的後面。我和歡歡每天都聽著警笛聲和槍聲。那些身著警服、摸著我小腦袋瓜的警官們，總會在閒暇之餘，講新鮮的故事給我們聽，把我們帶上山摘野果。可能因為他們的孩子都不在身邊的緣故，他們總會把好吃的好玩的留給我們。

所裡的羅叔叔每個星期都會去鎮上買菜，有時媽媽也會帶上我們。那是我和歡歡最快樂的時候，因為可以看到許許多多和我一樣大的孩子。我們可以和他們短暫地玩遊戲。他們會朝著我們微笑或者吐吐舌頭，扮扮鬼臉。

每次從鎮上回家，我們都很快樂，大聲談論著鎮上那些新鮮的事物。

「阿兆，你說我們會不會分開？」

「不會。」

「那如果分開了呢？」

「我在警校等你。」

「好的。阿兆，你要記住，我這裡有一個紅色的胎記。媽媽說，我還在她肚子裡的時候，她喝了蝴蝶泉邊的水，這是蝴蝶仙子留下的記號。」歡歡說完，指了指她的左手臂。

「嗯，記住了。妳是蝴蝶仙子啊。」

「呵呵……」

想著想著，一切彷彿發生在昨天，離我那麼近，又隔我那麼遠。我的嘴角邊嘗到了一絲苦澀。

二

今晚的晚霞，像媽媽臨行的前一晚那樣美。

遠遠望去，天邊出現了淡黃色的微光，從落日中心向周圍漸漸淡去。幾朵清清淡淡的雲彩陪伴在落日身邊，顯出怪異的形狀。眨眼間，晚霞彷彿變成了一個巨大的調色盤，變出了許多青灰色的小塊兒，猶如一幅淡淡的山水畫。一下子晚霞又變成了金色，透過雲層，猶如探照燈射出的光柱一樣，從天邊射向海面；一下子晚霞又變成了紫色，猶如原住民姑娘們身上那美麗的絲綢；一下子整個西邊一片嫣紅，火紅的旗幟。不僅晚霞的顏色五彩繽紛，雲朵的形狀也各不相同。舉目望去，有的像美猴王的金箍棒，當空揮下，令人大有縮頭之意；有的像溫順的小綿羊在吃草；有的像兇猛的大老虎在尋找食物；有的像一隻貪玩的小貓，正追著自己的尾巴團團轉……

我閉著眼睛，認真地傾聽著海浪的聲音。

一陣海風吹來，我好像聽到了歌聲，清脆甜美。我到處看了看，四周並沒有人。是我聽錯了嗎？我站起身準備回家時，一陣悅耳的歌聲再一次飄進我的耳朵，聲音是從北崖後面那塊大礁石傳來的。

天歌

藍藍的海

藍藍的天

海鷗飛出雲翩翩

海上看日出

一天又一天……

我循聲跑過去，一個黑黑瘦瘦的小女孩映入我的眼簾。她年歲和我相仿，穿著藍色碎花的小襯衫，一條黑色的長褲，身上背著一個繡著玫紅色花朵的黑色小包，梳著兩條小辮，臉上有幾顆雀斑，光著的小腳上沾滿了沙子。對於我的突然出現，她並不害怕，朝我甜甜笑了笑，繼續在沙灘裡尋找著什麼。

「嗨，妳好。妳是誰？」

「呵呵，你先告訴我，你是誰？」她抬起頭來朝我問道。

「我叫阿兆，妳呢？」

「呵呵，我是這片海灘的白雪公主。」真是一個愛笑的女孩，但這打扮怎麼都和白雪公主聯繫不起來呀。最多是灰姑娘，可是沒有看見她的南瓜車和玻璃鞋。

「好奇了吧？我叫黃娟，你就叫我阿娟吧。」「好的。阿娟，妳在找什麼？」

「貝殼啊。阿兆，快下來，我們一起找漂亮的貝殼吧。」

「嗯，好的。我從那邊下，這裡太高了。」雖然剛認識，我都好奇為什麼我和阿娟會

海灘九貝

那麼熟悉，像認識很久的朋友一樣。

「這些貝殼，可以串成風鈴，掛在窗邊，海風一吹，叮叮噹噹的，很好聽呢。最重要的，我要把貝殼風鈴拿到街上去賣錢啦。」

「好啊。我幫妳找。」

阿娟依然甜甜地笑著。看著她的笑臉，我想沒有人可以拒絕這種邀請，帶著漁家人全部的純樸和熱情。

「你怎麼說國語？你不是這裡的人？」

「我是這裡的，就住在那上面，但我不是在這裡長大，所以不會說閩南話。」「哦，那裡美嗎？」

「美，美極了。天永遠是藍色的，山永遠是綠的。特別是我們家門前的河流，美得像仙境一般。」

「呵呵，有仙子嗎？」

「有啊，她的名字叫唐歡歡。」

「呵呵，你可真有意思。她是你的好朋友吧？」「嗯，是啊。我們一起長大的。妳怎麼那麼愛笑？」「因為我沒有眼淚，只有笑聲。」我奇怪地看著眼前的阿娟，她的回答總讓我聽不明白。

「你找到多少貝殼了？」

「沒有多少呢，都在這裡了。」我把手攤開。

「唉，全部都不行，這些貝殼都太普通了，做出來的風鈴不夠漂亮，客人就不會喜歡的，你要選這種。」阿娟從她身上的布袋裡面掏出很多貝殼。

我第一次見到那麼多品種的貝殼。阿娟一一為我介紹手中那些各式各樣的貝殼。長得像盤著的蛇的，名字叫蛇螺；像綠色象牙的，名字叫綠象牙貝；螺長了長鼻子，就叫馬丁長鼻螺；像圓圓的太陽，五顏六色的，叫太陽貝；像個大蝸牛的，它的名字叫海蝸牛；長得像鸚鵡的，叫鸚鵡螺；長得像旋轉的樓梯，叫旋梯螺；還有的像彎曲的管子，叫捲管螺……

「阿娟，妳懂得可真多！」

「那當然，我從小就生活在海邊，靠這些貝殼生活，怎麼會不瞭解它們呢？」

「天快黑了，我們回去了吧。」

「嗯，好的。我們還會再見嗎？」

「當然會，我家就住在那邊的岸上。」

「對了，阿兆，你胸前這個是哨子嗎？很特別。」

「嗯，這是我爸爸為我做的，我從小就把它戴在身上，以後再告訴你它的故事吧。」

「阿兆，明天是週六，我要去鎮上雲阿姑的店裡送貝殼風鈴，你去嗎？」

「好啊。」聽阿娟說要去鎮上，我很高興，可是想到還沒有跟阿嬤說，我的心沉了下來，擔心阿嬤不同意。

「阿娟，我要回去問問阿嬤才可以。」

「嗯，好的。明天九點，我會在公車站坐車。如果你要去，你提前在那裡等我。」

「好啊。那我先回去了。」

「阿兆，再見！」

「再見！認識妳很高興。」

天色漸晚，我一路小跑著回家，阿嬤肯定擔心了。阿娟的出現，讓我真的很開心。我這就算是有好朋友了嗎？在短短的時間裡，我已經體會到了有好朋友的快樂。阿娟是一個像謎一樣的女孩，我可從來沒有見過像她這樣的白雪公主。

三

第二天天亮，阿翔哥哥就悄悄跑來：「阿兆，出去玩啦。」

「不行，我要跟阿嬤說。」

他擠著眼睛說：「不用說啦，走吧。」

「不行。」我堅持道。

「好吧。」阿翔哥哥把嘴唇一抿。有雨的清晨，是大人們不上工的時候。

阿翔哥哥說：「外面很好玩呢。」

他拿了一個焦黃的年糕，分了一半給我。

「阿兆，我對你好嗎？」我一邊啃著年糕，一邊點頭：「好。」

於是，他帶著我小跑著去湊村口的熱鬧。原來有人用布袋裝了黃鼠狼，在電線桿上用力摔著，一幫人都在喊著「一、二、三」的口號。我也很高興地看著。

「阿翔哥哥，他們在幹嘛啊，袋子裡好像有動物。」阿翔哥哥嘻嘻地笑著：「袋子裡是有動物，可是牠很壞，必須收拾一下了。」

「那是什麼？」我急切地想知道答案。

「黃鼠狼啦，牠吃了我家的雞。」阿翔哥哥突然變得有點生氣，他恨不得把黃鼠狼弄死。

這時候，阿娟跑了過來，指著提口袋那個人說：「你們太殘忍了，是想把動物摔死嗎？」

阿翔哥哥拉住她說：「阿娟，妳激動個什麼啦？妳難道不知道，牠咬死了我家的雞。」

阿娟說：「那你打牠幾下就行了啊。」

「能解決問題嗎，你打牠幾下，把牠放了，過幾天牠又跑到你家裡來，把你家的雞全部咬死。」

阿娟聽了，似乎有些後怕：「阿翔哥哥，必須弄死牠嗎？」

阿翔點點頭：「牠不是溫順的小白羊，牠可是狡猾的黃鼠狼。」

阿娟點點頭。

哦，原來是可惡的黃鼠狼。爸爸以前就告訴我，世界上有很多人，也有很多動物，專門做壞事。我心裡痛罵著袋子裡裝的黃鼠狼，牠只喝雞的血。阿翔媽媽養的兩隻蘆花雞，正每天下著蛋呢。隔幾天存夠了就可以拿去換鹽、換醋，偶爾還能湊幾塊錢，幫阿翔哥哥買筆和本子。有一次媽媽幫他買了一個亮晶晶的玻璃吊牌，阿翔哥哥可高興了，掛在胸前好幾天，直到玻璃吊牌外面鍍的那層亮晶晶的漆掉了，他才把吊牌收藏在小盒子裡。今天卻有一隻雞被黃鼠狼咬死了，少了一隻雞，少了收入。阿翔媽媽該是多麼傷心啊，阿翔以後的小玩具也會減少了。

我和阿翔哥哥把這些失望全部都歸結於這隻黃鼠狼。牠終究還是被摔死在電線桿上，阿翔哥哥提著口袋，把牠丟到水裡。

我好奇的是，黃鼠狼是怎樣被抓住的?等阿翔哥哥回來，他說：「這就是抓牠的小竅門了，你肯定想不到。」

「有什麼好辦法抓牠，牠不是非常敏捷嗎?」

「那又怎樣?昨晚牠就來騷擾了，咬死了我家的雞，牠以為還有一隻沒被咬死，想來第二次。第二次來的時候，我們就做好了準備，趁牠過來的時候，大家分別把好了關。牠被我姐姐趕進牆下的下水道裡，我爸爸在一頭撐開袋口，另一頭再用煙熏，那東西便被抓住了。不過因為要抓它，昨晚我們家人連覺都沒有睡好，害得我半夜跟著起來。」阿翔哥哥說完，打了個哈欠。看樣子，他說的應該是真的。

「啊哈，原來這麼有趣。」

「只要想收拾牠，肯定能想到辦法的。」阿翔哥哥得意地說。

我們又要去上學了。

在學校，我發現了一個小祕密——雖然我沒有手錶，但是能準確判斷時間。太陽把窗戶的格子照在黑板上，共有五個格子的時候，我們便要放學了。我們排著隊，唱著歌走在回家的路上。

村子裡家家都開飯了，人們不約而同端著飯碗，三個或五個一處，蹲在門前的土堆上。大家並不在家裡的飯桌吃飯，是因為那時幾乎沒有什麼東西擺在飯桌上。有時候，阿公跟著出海，會帶回很多魚蝦，我們家的飯桌就熱鬧了。如果阿公好幾天不出海，吃的東西和種類就越來越少，所有這頓飯的內容，一碗就裝了。但是阿嬤的手藝好啊，總是想盡辦法幫我弄好吃的，我也不會挑食。

春日的暖陽喚醒了大地。阿娟、阿俊以及阿翔哥哥來玩，他們商量要去找野菜。對我來說，找野菜也算是一種春遊，真的很有意思。

山上到處綠幽幽的，翻過小山，遠離大海的那片山坡是很少有人去，也沒有人打擾我們。山坡很平緩，沒有亂樹叢和荊棘，也沒有大石塊。幾個小孩提著竹籠，拿著或扁或圓的鏟子，去挖野菜了。野菜極難找，我們並沒有多少耐性，間或地跑著去搶遠處大家一起發現的開著黃花的蒲公英。大多時間，我們是趴在大水圳的兩邊上玩著遊戲，挖著一種白色的甜根。我現在也不知道那叫什麼，只知道它深埋於泥土裡的白白的根莖，咬在嘴裡有一絲甜味。若是有人騎著自行車經過，會讓大家停止一切活動，一起站起來喊著。被罵的人並不生氣，反而自豪地騎著，根本沒把我們這群小屁孩當一回事。我們喊著，總要讓騎自行車的人調頭回來，可是他們往往不理會，直至那人走遠，聽不見了。

後來，那個騎自行車的又回來了，阿娟喊：「下了坡財萬貫。」

這下，騎自行車的很高興，特地停下來，從包包裡摸出幾顆糖，遞給阿娟：「你嘴巴真甜，賞妳的啦。」

阿娟接了糖：「謝謝啦。」

阿翔哥哥把嘴一撇：「嘿，還是阿娟能幹啊，一句話就讓他停下來了。」

阿娟給每人分了一顆糖，我們以後都喊「下了坡財萬貫」。

「阿娟，是誰教妳的？」

「用得著教嗎，過年的時候，多聽長輩的祝福話就行了啊。」

有時候，我們幾個小孩實在無聊，也用水和了泥巴，我們能一直玩到日正當中。

那時，海灣所有的果樹都被我們熟記在心裡了，誰家後院有李樹，誰家前院有桑樹，誰家牆外有柿子，誰家門前有棗樹……我們都按季節的不同關注。春天的桑葚是美味的，我們常常在村東邊的後牆外徘徊，後牆已被我們摸得泛著白光，我們常吃得手指是黑的，連嘴也是紫色的了。阿翔哥哥和阿俊，還有我一起吃了很多桑葚，回到家裡感覺腦袋很暈，連晚飯也吃不下。

阿公見我有氣無力地坐在小椅子上，便問：「阿兆仔，你怎麼了？」

阿嬤走過來：「老頭子，你看他嘴唇，烏黑烏黑的。」阿公彎下腰來：「阿兆仔，你吃了桑葚？」我點點頭。

阿公這下有點急了，趕緊找來一片雞毛，讓我張大嘴巴，把雞毛伸進我的喉嚨口，慢慢晃動，我感覺一股很噁心的味道，「哇」地一下吐出來。

原來我才知道桑葚少吃沒問題，吃多了頭腦會暈。阿公問我還有哪些人吃了，我說：「阿翔哥哥和阿俊，阿娟也吃了。」

他又分別去他們家裡，用雞毛把桑葚逗吐出來。「阿兆仔，以後別亂吃東西啦，你媽媽下次回來要是知道了，還要罵你呢。」阿嬷對我說。她端來一杯清水，讓我漱口。

「阿嬷，我知道了。」海灣還有很多好玩的地方，若是一場雷雨過後，雨剛停歇，我們就約好了似的奔向目的地——村東邊胡阿伯家的牆外。先到者總能撿到圓圓青青的李子，咬一口，酸得直齜牙，卻也是最高興的。夏天我們便去撿落在院子裡、正在長大的青柿子，撿回家埋在糠殼裡，三天後拿出來變得較軟發紅，些許的甜味讓我幸福地回味著。

那時我們不知道栗子是長在樹上的，至於香橙、榛子、松子等，我們在繪本上見過，卻從來沒有見過真面目。於是我們便在夏天的正午，趁著大人們午睡的時候，我們的游擊隊便出發了，從菜園裡偷摘了番茄後，又要去瓜田裡。我們從玉米地裡彎著腰爬進瓜田裡，也不管是生是熟地摘了西瓜，脫下褲子、捲了褲管，裝了瓜背在背上。阿俊在一邊放哨，我和阿翔哥哥就去摘西瓜。

不好！被發現了。阿俊對我們使了個眼色，於是全體順著玉米地跑，有人跑得鞋都掉了一隻。終於不見有人追來，我們便坐在圳上，摔開瓜便吃，吃得滿嘴滿臉都是瓜汁。

「你們一定不要走漏消息啊，要是你家阿公知道了，我們又要挨罵了。」阿翔哥哥先把話說在前面。

我嘴上滿是西瓜汁：「放心吧，阿翔哥哥，我絕不會亂說的。」

西瓜地裡的西瓜又大又圓，阿翔哥哥教給我一個好方法，用手去拍拍西瓜，如果聲音發悶，就說明西瓜還沒成熟；如果聲音清脆，那麼就是成熟了的。用這種方法摘西瓜，沒有一次的瓜是生的。吃完瓜後是不急於回家的，大圳旁的池裡便是夏日孩子們的好去處，一個個像泥鰍一樣在渾濁的水裡，或是仰泳或是狗爬，霎時間，人、水、泥是一個顏色了，有點像熱到從水坑裡鑽出來的豬，泥泥水水地把西瓜皮丟來丟去，打起了水仗；也像是花果山的一群猴子，因為這裡也有一幫一派的「猴王」，也是那麼活蹦亂跳。這樣的活動一直持續地進行，直至忽然有人想起要吃中飯了。

可是不知道怎麼搞的，我們偷摘西瓜的事情還是被阿公知道了。

他拿著竹片，很生氣地說：「阿兆仔，你爸爸是幹什麼的？」

聽到阿公很嚴厲地責問，我知道犯了大錯，難道是阿翔哥哥來告的狀？不對啊，阿翔哥哥說叫我們保密的。難道是阿俊告的狀？不對不對，阿俊也跟著我們享福了的。

「阿兆仔，說話！」阿公用竹片在桌子上猛地拍了一下，把我嚇蒙了。

「我爸爸是警官。」我脫口而出。「啪！」一竹片拍在我身上。我大哭。

「還好意思哭，你是警官的兒子呢，還怎麼讓你爹教育你，他丟臉啦。」阿公一邊說，一邊又要拍下來。

我趕緊說：「阿公，我錯了，我再也不敢了。」

「哼！」阿公又拍了一竹片，痛得我齜牙咧嘴，屁股上火辣辣的。

「你要不要賠償農場？」

「要要要，我賠。」

「拿什麼來賠？」

「媽媽給的零用錢。」

阿公慢慢息怒了，我算是受到了懲罰。阿公帶著我到農場去，把我們幾個摘掉的西瓜，按市價賠了。

農場的叔叔說：「沒事，就讓孩子們摘了吃吧。」

「不行，」阿公說，「這樣哪能教育好這幫猴囡仔呢，這是六十塊錢，你收下吧。」

農場叔叔推辭了一陣，只好收下了。他拍著我的腦袋說：「阿兆，以後想吃西瓜，直接找我啊，給你吃一個是可以的，但是不能偷偷摸摸來摘，這樣不好。」

我的臉紅到了極點。

後來我知道，阿翔哥哥和阿俊都受到了懲罰，還分別來農場，把西瓜錢賠了。

過了幾天，阿翔哥哥找到我，一把把我拉過去：「阿兆，是不是你去告的密？」

我莫名其妙：「阿翔哥哥，我怎麼會去告密啊，我自己都挨了打。」

「哼，不是你，難道是阿俊？」

「反正我不知道。」阿翔哥哥把褲子撩開，他的大腿上有好幾處瘀青，原來因為這次偷西瓜，他被打得比我還慘。

「阿翔哥哥，真的不是我。」我也把屁股撅起，讓他看，後面有淡淡的痕跡。

他總算相信了我，但從此以後，我們再也沒有做過壞事，阿翔哥哥也變得越來越懂事了。

四

吃過晚飯後，天還是很熱。阿嬤收拾完廚房後，到露天陽台上和我一起乘涼。我端個小木凳坐在阿嬤面前，跟她講我小時候的故事。她最喜歡聽了，因為故事裡有我的爸爸媽媽。

「阿兆仔，今晚跟阿嬤講什麼故事？」

「阿嬤，我跟妳講一個雞蛋與子彈的故事。」「好啦，我聽阿兆仔跟我講『兩個蛋』的故事啦。」望著天上一閃一閃的星星，聽著遠處傳來的海浪聲，我開始給阿嬤講故事。

「記得那天，是爸爸的生日。媽媽幫爸爸煮了兩顆雞蛋。因為爸爸在執行任務，所以只能請送飯的周叔叔幫爸爸帶去。爸爸他們已經在橋那裡蹲守了幾天了，今天會收網，媽媽說爸爸他們要抓的是一個大毒犯。阿嬤，收網的意思就是可以抓毒犯，爸爸就可以回來了。那天傍晚，緝毒大隊裡的警車拉著警笛進出著，始終不見爸爸的影子。媽媽和我站在緝毒大隊二樓的陽台上，望了一遍又一遍，等得非常著急。天快黑的時候，媽媽正準備帶著我離開時，爸爸出現在緝毒大隊門口……」

「阿兆仔，爸爸怎麼樣了？」阿嬤焦急打斷了我的故事。

「阿嬤，爸爸受傷了。他手上纏著繃帶，鮮紅的血染紅了白色的紗布。我連忙跑過去抱著他，一股血腥味與汗酸味交雜在一起，這就是爸爸的味道。爸爸看著我和媽媽，從口袋裡掏出兩顆完好無損的雞蛋遞到我和媽媽面前。那天晚上，媽媽含著眼淚紅著眼眶，為爸爸做了一桌子好吃的。在河流旁邊，我和媽媽一起幫爸爸開心過著生日。」

「爸爸傷得重不重？」

「左手的手臂被毒犯用刀劃了深深的一道傷口，縫了十二針。我後來聽緝毒大隊裡的叔叔們說，毒犯是喬裝成農民過橋，剛過來就被爸爸識破了。毒犯反抗的時候，差一點就刺中爸爸的左腹部。爸爸想著口袋裡還有兩顆媽媽和我幫他煮的雞蛋，他用手一擋，雞蛋還是好好的，要不爸爸那個生日就是在醫院躺著過了。阿嬤，你知道嗎？爸爸為了恢復得快，麻藥都沒有打，那該多痛啊！爸爸是我心中的英雄。」

「阿兆仔，你還記得那年是爸爸幾歲生日嗎？」「記得，三十六歲。那天，爸爸還望著他手臂上的傷，笑著對我和媽媽說，這是他難忘的三十六歲生日禮物。」故事講完後，夜開始安靜，海浪的聲音更大了。

阿嬤望著遠方。我問阿嬤在看什麼，她說在看天邊的那片海。順著阿嬤望去的地方，我只能看見一片暮色，分不清楚海和天邊。

「阿嬤，明天我想和一個好朋友去鎮上。」

「什麼時候交的朋友，阿嬤怎麼會不知道呢？」阿嬤笑著問我。

「她叫阿娟。她說叫我和她去鎮上賣風鈴。」

「好。答應你啦，路上小心，不要走丟啦。被人拐走了就見不到我們了呢。」

「嗯，知道啦。」

第二天一早，我很早起床收拾好了，來到公車站等阿娟。

我看見阿娟遠遠向我招手跑來。她穿了一件紅色小碎花的襯衫，背了一個沉沉的布袋，依然光著腳丫。今天她還帶來了她的兩個好朋友，我和阿俊早就認識了，還一起偷過瓜呢。大家一見面，樂陶陶說笑著。

阿嬌是一個圓臉的女孩，大大的眼睛，高高的鼻梁；阿俊是一個壯實的男孩。阿嬌爸爸和我阿公一樣常常出海；阿俊家裡是做煙嘴的，她爸爸媽媽每天都在作坊裡忙碌著。阿俊一路說個不停，直到阿娟三次叫他閉嘴時，他才安靜了。

說到煙嘴，我想起了緝毒大隊看門的賈巴爺爺，一個陪我度過了童年的快樂老人。他喜歡跟我講緝毒大隊裡那些英雄的故事，還會去河流挖昆蟲炸給我吃。

賈巴爺爺喜歡抽煙，一支接一支。如果我還能回去，一定會送一個給他，保證賈巴爺爺高興得白頭髮和鬍子都掉光光。

「阿兆，你想什麼啦?我們準備下車了。」阿娟用手指戳了戳我。

「沒，沒什麼。」

「阿兆，你要小心哦。如果跟丟了，嚇得你在大街上直叫『阿嬤』。」阿俊說完，還做了一個裝哭的表情。

我們一路嬉鬧著，來到了雲阿姑的風鈴店。這裡簡直就是風鈴的集中地。我第一次看到這麼多各式各樣漂亮的風鈴。在風鈴店的正中間，掛著一個很大很長、藍色貝殼穿成的風鈴，那種藍色和海水基本是同一種色彩。藍色風鈴的掛線都是由藍色的小貝殼穿編而成，從上到下，貝殼由小到大排列。貝殼不僅在大小上經過仔細挑選，就連顏色也是有講究，由淺到深。我仔細一數，疊成九層，像極了一朵來自遠方的浪花。我完全可以想像出這個貝殼風鈴在海邊迎著海風的吹拂時，該有多美。

「阿兆，走了。」阿俊跑過來拍了一下我的肩膀。我轉身時，看見阿娟在門口望著我，她也望了一眼那串藍色的貝殼風鈴，默默低下了頭。雲阿姑送我們到風鈴店門口，用閩南話跟阿娟說著什麼。我雖然聽不懂，但是我能感覺出那是關心的話語。她還往阿娟的口袋裡塞錢，可阿娟拒絕了。

走出風鈴店不多遠，我隨他們轉進了另一條小街。這條街是賣電器的。阿娟走到一家電器行門口，老闆迎了上來，一臉的笑。

「妹仔，妳又來了？」

「老闆，那台三洋牌錄音機還在嗎？」

「在，一直幫妳留著的。妳錢準備夠了嗎？」

「還沒有，妳一定要幫我留著，下個月月底我就來買。」阿娟望著店老闆認真地說。

「好呢，幫妳留著。」

「老闆，你能再放一首歌給我聽嗎？」

「下次吧，妹仔，我還要做生意呢。」

「好吧。謝謝你！一定幫我留著。」我們一起戀戀不捨離開了那個賣電器的小店。

「阿娟，別不高興，我們幫妳。等湊夠了錢，我們就來買下它。」阿俊安慰著阿娟。

我知道了，阿娟最想要的禮物是一個三洋牌錄音機。回去的路上，阿娟都沒有說話。在公車上，我看見海風吹著她的頭髮，那個裝風鈴的布袋掛在她的肩上空蕩蕩的。

五

一個星期沒有看見阿娟她們的影子了。我問過阿嬤，她說阿娟她們肯定是隔壁漁村的孩子，一定還會來找我玩。阿嬤望著我愁眉苦臉的樣子，輕輕捏了一下我的臉，叫我不用擔心。

星期五下午放學後，回到家裡匆匆做完作業，我早早地就來到了北崖邊。我站在最高那塊礁石上四處看了看，希望能看到阿娟他們的身影。可望著空空的海灘，心裡有些失望，他們是不是把我這個好朋友忘了？

做點什麼好呢？我也學著阿娟的樣子一個人去海灘找貝殼吧。

「阿兆，你在做什麼？」甜甜的聲音從身後響起，我連忙直起腰來望著阿娟，看見她的額頭上布滿了汗珠。她臉上的雀斑變得明顯，我覺得那是一種美麗與勤勞的符號。

「阿娟，真的是妳，我還以為妳不會來找我玩了。」

「不會啦，我們要幫家裡做事，走不開。」

「你從哪裡來，這麼大汗？」

「我從養殖場那邊來。老遠就看見你穿的白襯衫了，在這海灘上像漁船上掛旗一樣顯眼。」

「哦，養殖場那邊是做什麼的？」

「飼養鮑魚啊，以後帶你去吧，很好玩的啦。」

「嗯，好啊。我今天下午很早就來沙灘上了，妳看我撿的這些貝殼，用來做風鈴可以嗎？」

「可以是可以，不過只能用來編在風鈴的上面，不顯眼的地方，下面那些擺動的貝殼可不能用你的。真醜，拿到鎮上肯定賣不出去的啦。」

阿娟一邊說一邊捂著嘴笑了起來。

「阿兆，你還記得那天雲阿姑店裡那些藍色的貝殼風鈴嗎？」

「記得。」我望著阿娟清澈透亮的眼睛回答道。

「你覺得那風鈴漂亮嗎？」

「那當然，我從來沒有見過這麼好看的貝殼風鈴。把我這個男孩子的眼睛都吸引了。」

「那個風鈴裡有個故事。」

「講給我聽聽好嗎？」

「以後吧。今天我要教你做貝殼風鈴。」阿娟望著我的眼睛回答道。

阿娟從她背著的袋子裡摸出一串漂亮的貝殼，小心翼翼地高高舉過頭頂，海風一吹，果然響起了「叮噹」聲。

「這就是妳拿到鎮上去賣的貝殼風鈴？」

「對啊，美吧？」阿娟驕傲地揚起她的小臉。「嗯，美。」我用力地點點頭。

貝殼風鈴分三層，上兩層都是一些細小的普通貝殼編織在一起，最下面的那層都是九片貝殼，每片都是經過挑選過的，顏色極其鮮豔。這個排列方式和雲阿姑店裡的那只藍色大風鈴一模一樣。這個風鈴中間還有一個最大的貝殼，像伸開的爪子。我伸手去拿那個貝殼時，阿娟微笑著把那個貝殼輕輕放到了我的耳邊。靠近後，我清晰地聽到從裡面發出「嗚……哦……嗚……哦……」的聲音。

我好奇地睜大眼睛望著阿娟。

「海螺怎麼會響？」

「不用怕啦，這螺叫回音螺，北崖這片沙灘有，要坐船去島上才能撿到。」順著阿娟手指的方向，我隱約看見了幾個連在一起的小島。

「阿兆，我家裡的回音螺一般只用得了一兩個星期。生意好時還會用得更快。我會經常去島上，下次我帶你去吧。」

「嗯，好的。」阿娟從家裡帶來了很多貝殼，加上我撿的這些小貝殼，阿娟說可以做三串貝殼風鈴。

我們來到北崖上，把貝殼按大小分類。阿娟從袋子裡摸出一根尖尖細細的鐵棍，用尖的那端對準貝殼，用一個小鐵錘輕輕敲幾下，小孔就出現了。我學著阿娟的樣子試著打孔，誰知剛剛用力，一片雪白色的貝殼瞬間就成了四片。阿娟在旁邊笑著。

「阿兆，你太用力了，應該像這樣：快、準、輕。」我摸了摸頭，看著這些五彩的貝殼被阿娟熟練地用彩繩穿編起來，不一下子，一個完整的貝殼風鈴就做好了。阿娟還告訴我，貝殼的顏色搭配很重要。

三串風鈴都做好的時候，我們提著貝殼風鈴跑上北崖高興地嬉戲。她追著我跑，我提著風鈴聽回音螺的聲音。

「阿兆，你可真笨。傻豬就是阿兆，哈哈，釘貝殼都不會。」

「我是一隻聰明豬，哈哈……」我並不生氣，做著各種搞怪的動作。

這個傍晚，北崖上迴盪著我們歡快的笑聲。

上岸了，和阿娟在一起玩耍時，總會覺得時間過得那麼快。我們提著風鈴走在回家的路上。

「阿娟，為什麼每個風鈴的尾巴都是九片貝殼做成的？」我看看阿娟手裡的風鈴，又看看我手裡的風鈴，像突然發現什麼一樣。

「這你不知道了，這代表是我編的風鈴啦。」

「我想起來了，雲阿姑店裡的那個藍色大風鈴也是這樣編制的。」

「阿兆，那個藍色大風鈴是我媽媽做的。」

「妳媽媽？做得太漂亮了，能賣很多錢吧？」

「那個風鈴，雲阿姑不會賣的。」

「為什麼？賣掉了才好呢，你媽媽還可以再做啊。」

「媽媽做不了了，她不在了。我打算以後再告訴你。可……」話音一落，阿娟的眼眶紅了。

「這就是妳想告訴我的故事。」

「嗯，是的。」

「我們是好朋友，妳不想有事情藏在心裡，對嗎？」

「那天在風鈴店裡，你看著那個藍色貝殼出神了。」

「是啊，我也是第一次看見這麼美麗的貝殼。」

「阿兆，你知道嗎？我和我媽媽編的貝殼風鈴都是有名字的。」

「叫什麼？」

「它們叫『海灘九貝』，鎮上的那些飾品店都知道這種風鈴。」

「妳怎麼想到起這個名字？」

「不是我取的，是我媽媽取的。」

「哦，那妳能編織出這麼漂亮的貝殼風鈴也是她教你的？」

「不，不是的。是媽媽在時教給雲阿姑，媽媽走後，雲阿姑再教給我的。」

海灘九貝

「妳明天還來這片海灘找貝殼嗎？」

「會來吧。這些天我都要去養殖場那邊餵鮑魚。」

「阿俊和阿嬌他們也來嗎？」

「我去叫上他們吧，他們肯定也想你了。」

我們到了要分開走的地方，我朝她揮了揮手，轉彎朝石子路上坡回家。阿娟告訴我，她的家要沿著海邊一直往東走。

當我爬上阿嬷門前的那個小坡時，回頭望著她的背影，慢慢地變成一個小黑點，消失在我的視線裡。我又聽到了阿娟清脆的歌聲，在海風中迴盪。

阿娟說，她喜歡唱歌，對著天邊那片海，媽媽就會聽見她的歌聲。這個做「海灘九貝」風鈴的女孩，讓我第一次覺得做朋友就是要去理解對方，比如說，就像阿娟內心深處那個關於藍色貝殼風鈴背後的故事。

我在海灣有好朋友了，這心情就像是吃著蜂蜜，透著甜甜的味道。

天歌

魚丸

天歌

一

阿公他們出海的大漁船靠岸了。看著阿嬤挑著竹筐出門，我急忙從院子裡找來一個竹簍背在背上，在阿嬤的身後跟著。村裡的漁民們挑著準備好的竹筐聚集到了一起，這個小小的港口一下子變得非常熱鬧。一筐一筐的魚兒從漁船上被抬了下來，人們開始幫著搬運。市場上的魚販也來了，面對這些新鮮的海產，他們在大聲地談論著價錢。

阿嬤把從漁船上抬下來的魚裝進了兩個竹筐，又往我背上的竹簍裡放了兩條。我看了看，有些不高興地說：「阿嬤，不夠。再來三條都可以。」

「細漢仔（小孩子），不能背太多啦，要傷腰的啦。」

「阿嬤，不會不會，我都長大了。」

阿嬤朝我笑了笑，用她沾滿魚腥味的手在我腦袋上拍了拍，朝我的竹簍裡又揀了三條魚，再用手稱了稱竹簍，才放心放到我背上。

「林家阿嬤，今天請了細（小）幫忙啦？」

「這是阿道的仔，細漢仔（小孩子）貪玩啦。」阿嬤回答說。

「十幾年不見你家阿道啦。仔（兒子）都大漢（長大）了。」

「阿道工作忙，不知道什麼時候才回來呢。」

「林家阿嬤，你家阿道做什麼工作啊？」

「什麼都做，在外面找生活呢。」

「我爸爸是……」話還沒出口，阿嬤用手輕輕碰了碰我的手臂，對我使了一個眼色。

「阿兆仔，不能說爸爸媽媽是做什麼的啦，你忘了你是什麼原因回海灣的啦？」阿嬤靠近我的耳朵小聲說道。

我立刻明白過來，點了點頭，望著周圍的漁民們，不再說話了。

阿公從漁船上下來，還穿著水褲。他走到阿嬤身邊，看了看四周，又看了看我問道：「阿蘭回去了？」

「嗯，走了兩個多月了。」

「阿公，我媽媽走了六十七天了。」

「哦，記得那麼清楚啊？想媽媽了？來，阿公抱抱，長了幾斤啦？」阿公笑了笑，走過來摘下我背上的竹簍，把我抱在他的懷裡。

「媽媽走啦，還有阿公和阿嬤啦，我們會用海灣的魚把你養得白白胖胖的啦。」

「阿公，這次怎麼出海那麼久啊？」

「哦，我們去了外海啦，這次捕撈的海產有一千八百箱呢。」

「那麼多啊。」

「嗯，這次也算大豐收啦。」

「阿公，你的鬍子刺到我臉了。」

「哦，阿公忙著捕魚，都忘了刮鬍子啦。以後，你長大了也用鬍子刺回來，好不好啦？」

「好，我現在就有鬍子了，阿公準備，我要刺你啦！」我用小臉用力貼上阿公的臉，逗得阿公和阿嬤哈哈大笑。

小漁港裡的漁民們還在忙碌著，我從他們的臉上看到了豐收的喜悅。漁民們要進艙了，船上有幾個人大聲地叫著阿公的名字。阿公放下我，朝他們走去。我和阿嬤繼續搬運著魚到岸邊去過秤裝車，魚販們熟練地將魚冷凍，阿嬤告訴我冷凍的這些魚會被運到很遠的地方。

回到家裡的時候，已經是下午三四點了，我早就餓得前胸貼後背了。阿嬤幫我做了兩個蚵仔煎讓我先吃著，她急急忙忙就去廚房做飯了。

今天的午飯是海鮮大餐，阿公從船上拿回了各式各樣不同顏色、不同形狀的魚，要讓我一飽口福。一個多小時後，海鮮上桌了。有清蒸的、紅燒的、煮湯的……

魚上桌後，阿公指著其中一盤蒸魚告訴我說，這就是鰆，產量算不上豐富，新鮮的鰆魚清蒸最美味。接著，阿公又指著第二盤就這就是紅魦，小隻，魚肉細嫩香，也可以用來清蒸。阿公又指了指第三盤說這是鯧，分為白鯧或銀鯧，體形細小，顏色銀

魚丸

白，也算是名貴的海產食用魚類之一，肉質細嫩且刺少，一般用來紅燒或者清蒸，都非常不錯。

「阿公，這盤就是馬鮫？」

「對，就是這種藍點馬鮫魚，體形狹長，頭及體背部藍黑色，馬鮫魚刺少肉多，體多脂肪，一般見過的常用於乾煎、煙燻、醃漬，或者做魚丸。以後，阿嬤會做魚丸，保證你吃不完。」阿公指著靠桌邊的一盤說。

「阿公，我知道這叫鯛。咦？怎麼桌上沒有？」

「這種魚肉肥而且很鮮美，頭部和面部肉很鮮嫩，常見的做法有清蒸和乾煎。這種魚在十月居多，這次也沒有捕到，下次出海捕給你嘗嘗。」

阿公的介紹讓我覺得像聽天書，這也許就是一個漁民的偉大，他們想征服大海，就要去瞭解大海。可這些奇奇怪怪的名字，我一半都沒有記下來。等到一上桌，我就開始大吃特吃。吃飽飯後，我在陽台上做作業，阿公站在我旁邊認真看我做作業。這時他突然想起什麼似的，急匆匆往海邊走去。我做完作業後，就在陽台上用小米蝦逗著小黃雞們玩。牠們有的會為了一粒小米蝦你追我趕；還有的小黃雞會銜半隻小米蝦在嘴裡，剩下的半隻給同伴吃。就像好朋友，也像兄弟姐妹。

二

「阿兆仔，你看這是什麼？」阿公來到露天陽台上，從懷裡掏出一個小漁網袋，在桌子上輕輕打開。一袋子的貝殼鋪散開來，有名字的、沒名字的，我歡呼起來。這些貝殼比阿娟給我看的還要漂亮，而且大很多。我現在腦袋裡只有一個念頭，可以把這些貝殼送給阿娟。她一定會用這些貝殼做出更多漂亮的「海灘九貝」，說不定就可以買回那台三洋牌錄音機了。

可是我卻找不到她，因為我不知道她住的漁村在哪裡。

「阿兆仔，你在想什麼啦？」

「阿公，這些貝殼我可以送人嗎？」

「當然可以，送給你就是你的啦。不過，阿公想知道你要送給誰呢？」

「她叫阿娟，做貝殼風鈴的女孩。」

「你怎麼認識她的啦？」

「在北崖的沙灘上撿貝殼時認識的。可我不知道怎麼可以找到她。」我剛才的高興一下沒了，因為又有很多天都沒有看到阿娟她們的身影了。

「阿兆仔，阿公幫你算算啦，七月潮多，如果她是撿貝殼的孩子，你過不了多久就可以在北崖看見她的。」

聽到阿公這樣說，我小心地把這些貝殼全部收起來，這些都要作為禮物送給阿娟。」

「我記得阿娟曾經說過，她和阿俊、阿嬌他們的家就要沿海一直走。」

「阿兆聽話，阿公答應你啦，如果七月沒有看見他們來找貝殼，阿公就帶你去找他們，問問他們怎麼不和阿兆一起玩了？」

「呵呵，好。謝謝阿公。」

「阿兆仔，你說的那個阿娟她姓什麼呀，你知道嗎？」阿嬤端著小米蝦從廚房裡走了出來。

「阿嬤，她姓黃，叫黃娟。」

「她是一個會做貝殼風鈴的妹仔，喜歡赤著腳丫，同你差不多大，是不是啦？」阿嬤吃驚地問道。「是，阿嬤，你認識阿娟？」

「認識，我們相鄰這幾個漁村的人都認識她，命苦的妹仔。」

從阿嬤的口中，我知道了關於阿娟的一切。她的母親姓林，是從我們海灣嫁過去的。

三年前，她和媽媽去街上賣貝殼風鈴，在回村的路上遇上了車禍，她媽媽不幸去世，而阿娟大哭一場後，半年沒說一句話，村子裡的人都說她嚇傻了。後來，她媽媽生前的好姐妹，就是街上風鈴店的老闆找到阿娟，把她帶到鎮上住了兩天。回來後，阿娟不光會說話了，還會像以前一樣大聲唱歌。從此以後，漁村裡的人經常看見她在沙灘上撿貝殼，像她的媽媽一樣，編織貝殼風鈴到鎮上的店裡去賣。

風鈴店的老闆不是別人，肯定是雲阿姑。那天送阿娟出店門的時候，她流露出了那種關心的眼神。她還在阿娟口袋裡放錢，可除了風鈴的錢，阿娟不肯多要一分。

「阿嬤，那阿娟不回她外婆家嗎？」

「她外婆家早沒人了。去年，她爸爸幫她找了一個新媽媽。」

聽完阿娟的故事，我心裡很悶。媽媽剛離開的時候，我覺得自己很孤獨。可我的好朋友阿娟，她是一個比我可憐得多的孩子。我有阿公阿嬤和爸爸媽媽，可她卻連一絲溫暖的愛也沒有。

我把阿公給我的貝殼拿了出來，從廚房裡盛來一盆水，我要把這些貝殼洗得乾乾淨淨的，整整齊齊擺在陽台上，讓它們放出友誼的光芒，送給阿娟。

她一定還會來找我的，我們是好朋友。

天快黑時，我和阿公阿嬤圍坐在一起吃晚飯，這時郵差又送信過來。

媽媽最近寫來了幾封信，還寄來她和爸爸在緝毒大隊門口拍的照片。我開始學著回信給媽媽了，不會寫的字就用注音來代替。信寫好後，阿公和阿嬤總會叫我念念，然後阿公再把這些信拿到鎮上去寄。

阿嬤忙完家裡的事情以後，一個人坐在陽台上，時常把信裡的照片拿出來看看。一下子說爸爸瘦了，一下子說爸爸胖了。做完功課的時候，我仍然會跟阿嬤說起以前和爸爸媽媽一起生活的日子。阿嬤總是聽得很認真，生怕漏掉了一件事。每一次講完，我都看見阿嬤的眼睛裡有一絲濕潤。我知道，阿嬤是想我的爸爸了。我告訴阿嬤，下次叫媽媽寄一張河邊那個小家的照片，讓阿公和阿嬤看看河流的美，我還要和阿嬤一起回憶我的童年。

三

阿公說得真準，七月的海灣漲潮了。夜晚的時候，我躺在木床上猶如睡在海上，漲潮的聲音打得岩石悶響，像打雷一樣。

下午放學後，我快速做完作業，一個人站在陽台上盯著北崖那片沙灘。當一個紅色的小身影出現在我的視野裡時，我高興極了。

「阿嬤，我去北崖了，我好像看到阿娟了。」

「早點回來，路上小心別摔了。」

沒等阿嬤說完，我飛一樣地跑出了小院，向海灘奔去。近了，近了，還真的是她。

「阿娟，妳怎麼現在才來？」

「呵呵，阿兆，你來了。」

「嗯。阿娟，妳看，我家就住在那上面，看見了嗎？我每天都站在陽台上，希望能再見到妳。」

「你姓林？」阿娟笑了笑，問道。

「嗯，我叫林成兆。你怎麼知道我姓林。」

「呵呵，從這邊海灣到那邊海灣，這一片的人家都姓林。阿兆，我媽媽也姓林。」

「嗯，我知道。我阿嬤把妳的事情都告訴我了。」看著阿娟的眼睛，我還想說什麼卻沒有說。

「阿娟，妳的脖子怎麼了？」我發現她的脖子上有一處傷口，像是指甲深深劃過的血痕。

「呵呵，沒怎麼。」

「阿俊他們呢？妳和別人打架了？」

「沒有，跟你說過，我是白雪公主的啦。對了，阿俊他們今天來不了，他們也很想你的。」

「阿娟，我沒聽明白，妳怎麼是白雪公主了？」

「沒什麼，以後你就會明白啦。」

「對了，我有禮物要送給妳，妳等著我。」

「什麼禮物？」

「等一下妳就知道了，妳一定在這裡等著，不要走。」

「可我還要去養殖場那邊忙呢！」

「我跑快一點，一下子就回來了。」

我看了看阿娟，三步並作兩步跑回家，從房間的抽屜裡找出那袋美麗的貝殼，朝海邊跑去。我在海灘上把手中的貝殼全部倒了出來。「看，喜歡嗎？」

「哇，好漂亮！你從哪裡撿來的？島上那邊都沒有這麼好看的貝殼啦。」

「我阿公出海幫我撿回來的，都送給妳了，你拿去做『海灘九貝』，一定能賣個好價錢。」

「你阿公真疼你。謝謝你，阿兆。」

「不用謝，我們是好朋友嘛。」

「阿兆，我要走了，養殖場那邊的工作我沒做完要被打的。」

「妳去養殖場那邊做什麼工作？我可以幫妳嗎？」「不用了，我去餵鮑魚。」

「沒事，我和妳一起去吧，現在時間還早。」「嗯……好吧。」阿娟稍微遲疑一下回答道。我們兩個小身影飛快地朝養殖場趕去。一隻黑色的小狗從養殖場那邊的木屋裡跑了出來，迎接阿娟。牠搖著尾巴，吐著舌頭，顯得很熱情。小黑狗象徵性看了我兩眼，並沒有出現想咬我的念頭，可能牠也知道我是阿娟的朋友吧。這片養殖場旁邊有許多用木頭搭的棚子，阿娟走進中間的那家，從裡面吃力地拖出來一筐海帶，然後把海帶裝進一個竹籃子裡，背在肩上急忙忙地往養殖場走去。走到一半的時候，她好像突然想起我，回過頭來朝我笑笑說：「來，阿兆，我帶你去看我們家最值錢的寶貝。」

我一下跑到了阿娟身後。我們一前一後走在浮板上，阿娟就像在平地上行走一樣，而我卻顯得有些緊張，根本就走不穩。阿娟反倒笑了起來。

「阿兆，你是膽小鬼嗎？」

「我才不是，只是第一次走還沒適應。」

「呵呵……」阿娟來到兩個養殖場中間，彎下身子去用力地拉起一個小網箱。她朝我招了招手，示意我過去。我走近一看。

呀！這就是鮑魚啊！長得可真漂亮，就像一隻綠色的蝴蝶。阿娟輕輕地把海帶送了進去，蓋上蓋子。

「這一排網箱裡的都要餵？」

「嗯，是的，從這邊到那邊。」阿娟瘦瘦小小的手臂用力拉著網箱的繩子，一點一點往上拉。看著她吃力的樣子，我打算幫她餵鮑魚。我也去提一個網箱上來，當伸出手去拉的時候，我才知道這網箱有多重。看著阿娟熟練操作著，我心裡突然明白什麼似的。

「阿娟，妳幫忙餵這些小鮑魚很久了嗎？」

「嗯，前年下半年就開始幫忙餵了。這邊是小的苗，那邊才是大的。那邊兩養殖場的鮑魚過一陣子就可以賣了。」抬頭間，我看著豆大的汗珠流過阿娟的臉頰。

「阿兆，你知道嗎？我爸爸說了，等前面那兩排鮑魚賣了，就幫我買那個三洋牌的錄音機。我要在裡面放很多喜歡的歌曲。」

「妳就那麼喜歡音樂？」

「嗯，以後我還想讀音樂學校。」

「阿娟，你今晚不想吃飯啦？」一個年輕女人站在岸上，惡狠狠對阿娟吼道。阿娟連忙低下頭工作，再也不敢說話。

年輕女人走後，她才抬起頭來，吐出長長的一口氣，說：「阿兆，我是白雪公主，這回你懂了沒啦？」

我點了點頭，問道：「她是妳新媽媽？」

「嗯。」

「妳脖子上的傷是她打的？」阿娟點了點頭。

「昨天晚上，我吃完飯後還沒來得及收拾桌子，小弟就把我放在桌子上的一碗開水弄灑了，碗摔碎了，小弟就哭起來。」

「開水燙到你小弟了？」

「沒有，那開水放了好一陣了。阿姨走出來，不分青紅皂白就打我。躲開的時候不小心，她的手指甲就劃到了我的脖子，火辣辣地痛。」她的小臉紅撲撲的，繼續撕開手裡的海帶塞進網箱，我從她的眼睛裡卻沒有看到一點淚花。

兩排網箱全部餵完後，阿娟堅持說要送我回家。「阿兆，你的爸爸媽媽呢？他們是做什麼工作的？」

「他們是邊防……哦，他們在外地工作的。」

「那你想他們嗎？」

「想，每天都想。」

「呵呵，從現在起，我們就是最好的朋友了。」「嗯，妳在我心裡早就是好朋友了。」

「阿兆，我會經常帶阿俊和阿嬌過來找你一起玩的啦。以後，就由我們陪著你，你就不會想爸爸媽媽了。」

「嗯，好啊。可你們都很忙，對嗎？」

「這樣，週末放假我帶你去我們那裡玩，我認識路。如果我們沒時間來找你，你可以來找我們的啦。」

「這樣最好了！」

「呵呵……」

「哦，飛了，飛了……」

「快點啊，你追不上我啦……」阿娟提著我送給她的貝殼笑著跑著，我們快樂地往回走。

藍藍的海
藍藍的天
海鷗飛出雲翩翩
海上看日出
一天又一天……

天歌

「阿娟，妳唱歌真好聽。」

「嗯，知道。以前我媽媽還在的時候，她很喜歡聽我唱歌。」

沒過多久，我們快走到分開的地方了。我抬頭看了看天，感覺時間還早，就想把阿娟請到家裡。我想讓她看看我們家的露天陽台，還有我們家的一群小黃雞。

四

剛走進家門，鮮香的味道就溢滿了整個小院。阿娟不好意思地站在門口，不願進來。

「我們是好朋友嘛，沒事，進來吧。我阿嬤會喜歡妳的。」阿娟想了想，點了點頭，小心地跟在我身後走進了小院。

「阿嬤，您做什麼好吃的了？」

「阿兆仔回來啦，乖，洗手吃東西的啦。這位妹仔是誰啊？」

「阿嬤，她就是我跟你說起過的阿娟啊，我的好朋友。」

「哦，真乖啦。來，一起吃阿嬤做的魚丸。嘗嘗香不香啦，保證讓你香得找不到回家的路。」阿嬤喜歡孩子，逗得阿娟也跟著笑了起來，完全沒有了剛才的拘束。

阿嬤在露天陽台上擺了桌子，端上來兩碗熱氣騰騰的魚丸。我迫不及待咬了一口，香、鮮，說不出的好吃。阿娟看了看我，也跟著用力咬了一口。魚丸含在嘴裡，她一下愣住了。然後用最快的速度吃了起來。我看見阿娟的眼睛紅了，噙滿了淚花，兩行眼淚順著臉頰流了下來。阿嬤看見後，以為她燙到了，忙過來安慰她。我知道阿娟絕對不是這麼柔弱的人，她在我心裡是一個勇敢堅強的女孩。

「怎麼了，妹仔？」

「這個魚丸和我媽媽做的味道一樣，裡面的餡是一樣的。」

「喜歡吃就多吃點啦，想媽媽啦？」

「我媽媽不在了，再也看不到她，吃不到她做的魚丸了。」一顆顆眼淚滴在碗裡、桌上。從阿娟微微張開的嘴裡，還能看見她含在嘴裡沒嚼碎的幾塊魚丸。

阿嬤把阿娟抱在了懷裡，用枯瘦的手幫她擦著眼淚。

「阿娟不哭了，再哭就不漂亮了。」慢慢，阿娟止住了哭聲。

我夾了一個魚丸放在阿娟的碗裡，她感激地看著我。

「阿娟，妳這裡怎麼了？」阿嬤看到阿娟脖子上的傷痕問道。

「我阿姨的指甲劃的。」「阿嬤，她新媽媽打的。」

阿嬤搖了搖頭，向廚房走去。沒過多久，阿嬤端出來一個茶杯，手裡還拿了一塊小毛巾。

「來，阿嬤幫妳用白茶清洗一下傷口。妹仔長大都愛美的啦，指甲有毒，會留下疤痕的，白茶可以消毒啦。」阿娟走到阿嬤身邊，輕輕蹲了下去，把脖子靠在阿嬤的膝蓋上。

魚丸

「阿嬤，我小的時候，媽媽常常為我做魚丸。媽媽做的魚丸和阿嬤的一樣，裡面的餡料很多，彈力十足，吃的時候都要用力嚼。我的小牙都要吃掉了，可吃完後卻能感覺滿嘴留香。」阿娟對阿嬤說道。

「妹仔，你可真是一個聰明的漁家姑娘。這小小的魚丸就像我們漁家人一樣，我們從小就要學會愛拼愛闖，勇於挑戰，才會在大海的波濤中遊刃有餘。」

這句話，爸爸在我很小的時候也告訴過我。許多年以前，阿嬤肯定也是這樣教育爸爸的，所以，爸爸才會那麼勇敢。

天色漸漸暗了下來，阿娟要回去了。小黃雞們圍了上來，嘰嘰喳喳。阿嬤告訴阿娟歡迎她常來我們這個小院做客。我還把阿嬤平日裡為我做的那些好吃的東西全部講了一遍，她聽得吞了一下口水。走在石子路上，她告訴我，她很久都沒有來海灣了，這個小院讓她感覺到了很久都沒有的溫暖。阿嬤的魚丸有她媽媽的味道，那是她最溫暖的記憶。我送阿娟到石子路相連的公路上，看著她連走帶跑地往家趕，她還時不時地回過頭來看我，對著我微笑。

「阿娟，路上小心。明天我在北崖等你。」

「嗯，知道啦，阿兆，你快回去吧。你送給我的貝殼我不會賣掉的，我要用它們做最漂亮的『海灘九貝』珍藏起來。」

「阿娟，回去記得告訴阿俊和阿嬌，我們家有好吃的魚丸，歡迎他們來我家做客。」

「我會的。」我望著阿娟的背影，點了點頭。

看到阿娟脖子上的傷痕，我終於相信，她真的是白雪公主。記得剛認識的那個下午，阿娟對我說她沒有眼淚了，可今天她卻因為一碗魚丸哭了。思念母親的心，其實流著數不完的淚！

十歲的我們，還只是孩子，怎麼會沒有眼淚呢？

餵鮑魚的時候，她是勤勞的；做貝殼風鈴的時候，她是靈巧的；在海灘上唱歌的時候，她是開心的……想到阿娟，我是多麼的幸運。爸爸媽媽離我再遠，我們總會有相見之日，阿娟卻永遠也見不到她的媽媽了，她只能望著這片熟悉的海灘、熟悉的家園，一個人堅強地活著。是啊，沒有了那個生命裡最熟悉的人，缺少了最珍貴的母愛，她要一個人學著在心靈的孤單中長大。

提線舞獅

天歌

一

海灣的冬季不算冷，除了刮寒風的那幾天氣溫下降外，平日裡陽光特別充足。快到春節的時候，漁民們都不再出海了，村子裡很多人陸續從外地趕回來過年。我每天站在院門口，望著山坡下的公車站，希望看到爸爸媽媽的身影，一天、兩天、三天……時間一天一天過去了，但他們仍然沒有出現。

阿公看了看我有心事的樣子，想幫我提提神，他對我說道：「阿兆仔，過年時我們海灣有提線舞獅了，很精彩呢。」

「那獅子不咬人？」

「不咬了。」阿公笑著回答道。

「阿公，那是不是經過動物園的叔叔阿姨培訓過的？」

「到時你就知道了。」我對提線舞獅不算好奇，兇猛無比的獅子對我來說沒有吸引力。我更想靜靜地思念我的爸爸媽媽。

阿公和阿嬤忙碌準備著年貨，閒下來時也和我一起望著那條空空的石子路。今天已經是農曆臘月二十八了，阿公吃飯時說，算算日子爸爸媽媽也該回來了，就算是有事耽擱了不回來，這兩天信也應該到了。

我才不要收到信，我只想見到爸爸媽媽。聽到阿公這樣說，我心裡更著急。這是我在海灣過的第一個年，媽媽已經離開我半年多了。從出生到現在，我從來沒有離開他們那麼久。

今晚的夜感覺特別漫長。夢中，我沿著記憶的路，模模糊糊坐著綠色的火車回去了。

「哐當……哐當……」火車飛快地行駛在山間，穿過一個個山洞。媽媽好像就坐在我的身邊，我能聞到她特有的味道。我又看到了紅紅的晚霞和不遠處連綿的群山，耳旁又迴盪著媽媽的聲音。

火車停了，我彷彿看到了不遠處的山，聽見了緝毒大隊的警笛聲。夢中的太陽暖暖地照在我身上，我摘下一片芭蕉葉，穿著一條小短褲，跳進了河流，像極了小水鴨，爸爸和媽媽在我們那個小家的陽台上對著我微笑。

「阿兆，起床啦！」

阿嬤熟悉的聲音傳來，我從夢中醒來，嘴角邊還掛著甜甜的微笑，原來只是一場夢。我回應了阿嬤一聲後，迅速穿好衣服，從枕頭下摸出哨子，寶貝一樣地握在手裡，細細端詳一番後，才把它掛在胸前。一顆淚珠從眼角滑落，那是我思念爸爸媽媽的淚花。

今天阿嬤幫我做的早餐，是我平日裡最想吃的新鮮蝦仁炒年糕。快過年了，阿嬤做了許多年糕，整整齊齊的三箴籃放在露天陽台上。有兩個箴籃裡放的是普通的年糕、糯米粉和米粉，與我平時吃的一樣。另外有一箴籃裡的年糕就不一樣了，聽阿公說，阿嬤在年糕裡放了白糖和紅糖，裡面還包有花生、紅棗、紅豆，其味道香甜可口，餘味無窮。阿嬤說，爸爸從小就愛吃她做的這種加糖的年糕。她說，如果爸爸媽媽回來過年，給他們帶一半回去。聽到阿嬤這麼說，我立刻跑去廚房把小手洗乾淨，和阿公一起幫阿嬤做年糕。

忙了一上午，我們圍坐在一起吃著午飯。正吃得津津有味的時候，聽見有人在敲院門。我聽得真切切，激動得一口飯含在嘴裡沒有吞下。阿公和阿嬤也聽見了，筷子懸在桌子上方。

「爸爸媽媽回來了！」我吞下嘴裡的一塊年糕，放下筷子，往小院大門的方向飛奔而去，阿公和阿嬤緊跟在我身後。

當我打開門的時候，門前站著一位身穿藍色衣服的男子，他的背後放著一輛自行車。

「林阿公，在嗎？」

「在的，誰啊，找我什麼事啦？」阿公走了出來。「林阿公，簽個名，這是你們家的信和包裹。」

「哦，原來是阿財啊。」

站在一旁的我，滿心的失望，還用問嗎？爸爸媽媽肯定不會回來了。我垂著腦袋，摸了摸胸前的哨子，一個人向露天陽台走去。

阿公和阿嬤迫不及待地拆開了爸爸媽媽寄回來的信和包裹。

「阿兆仔，這是什麼？」我回過頭看了看阿公的手裡。

「阿公，那是特產，我以前最喜歡吃的。」眼中含著溫熱，故意把「以前」兩個字拉長了聲調，表現出內心的不滿。

「來啦，拿去吃。」

「不，我早就不愛吃了。」

「阿兆仔，這裡有你媽媽寫給你的信，拿去看看啦。」

「不，阿嬤，我不想看。」

「阿兆仔，你要聽話啦，爸爸媽媽肯定是走不開才不回家過年啦。能盼到他們的來信，我和你阿公就放心了。多少年了，我們都是這樣過來的啦。」

「阿嬤，那我的爸爸媽媽什麼時候才能回來？」

「會回來的啦，他們也會牽掛你呢。」我悶悶不樂地走回了自己的房間。一個人坐在床沿上，心卻不能平靜，腦子裡一直閃現著媽媽帶回來的特產和書信。

我側著耳朵聽，院子裡沒有聲音。我走出房間看了看四周，阿嬤在收拾碗筷，阿公用榕樹枝葉綁成的長長掃把，清掃著屋角上結滿灰塵的蛛網，還用桌巾清洗廳堂中案。我看見媽媽寄來的包裹和書信就放在那張吃飯的桌子上。

我輕輕走到桌邊，趁他們都沒有注意我的時候，坐在小木椅上，我拆開了媽媽的信。媽媽在信中告訴我，緝毒大隊的鍾叔叔在一次緝毒行動中受了重傷，右腿截肢，被送去了軍區療養院。爸爸接了鍾叔叔的班，成了緝毒大隊的大隊長，往後的工作就更忙了，所以過年不能回家。信中媽媽把我沒有學過的字都用注音來寫，我更加明白爸爸媽媽對我的牽掛。媽媽還告訴我，要我開心地陪在阿公和阿嬤身邊，替他們照顧好兩位老人，過一個快樂的春節。

我一邊看信，眼中含著眼淚。闔上書信，我沒辦法讓自己再有一丁點的任性和不懂事。我輕輕說了一聲：「爸爸、媽媽，我答應你們。」

二

第二天是臘月二十九，一大早阿娟就敲響了我們家的院門。

「阿娟，怎麼這麼早就來了？」

「我們家賣鮑魚了，回家經過這裡，我就過來啦。」「快進來吧。」

「哦，阿娟來我們家啦？」

「嗯，阿嬤早。」阿嬤見了她，彷彿比我見了她還高興，拉著阿娟的小手去廚房做蝦仁米粉。

「阿嬤，我要吃大碗的。」

「阿嬤，我也要吃大碗的。」

「呵呵……」

我和阿娟最默契的事就是這樣傻笑。

吃完早餐後，我們拿來蝦米皮拌勻了小米粒，去餵那一群可愛的小黃雞。我在海灣一天天地長大，小黃雞們也在一天天地長大。

阿嬤今天蒸了許多碗粿，每一個碗粿點了紅的地方都裂開了。阿公說這是好兆頭，寓意我們一家來年笑口常開，象徵著我們全家幸福安康、歡歡喜喜。這些碗粿就像是阿嬤為我們全家求來的如意籤一樣，讓我們覺得心安。阿嬤蒸的這些碗粿都放了很多糖，糖越多越甜，讓我們來年的生活甜甜蜜蜜。我拿了兩個碗粿給阿娟，她輕輕地用舌頭舔了一下，笑眯眯地說：「阿嬤做的碗粿真甜啊。」

「阿娟，你們家賣鮑魚了，那三洋牌錄音機你爸爸給你買了嗎？」

阿娟搖了搖頭，望著我。

「阿兆，我們一起去玩，好嗎？」也許她不想提不開心的事。

「嗯，好，去找阿嬌和阿俊。快過年了，他們肯定有空了。」

「他們早就沒有工作做了，我從村裡出來時看他們在村口玩遊戲呢。」

「阿嬤，我和阿娟去玩去了。」

「好，小心點啦，早點回來。」剛走到院門口的時候，阿嬤又叫阿娟把這幾個碗粿帶回去。平日裡阿娟來我們家玩，和阿嬤聊天時說起她的新媽媽不是本地人，所以阿嬤知道他們家肯定沒有做碗粿。

阿娟望著點著紅的碗粿高興地說：「阿嬤，謝謝你啦！」

「不用謝，我們家蒸了好多啦。」

「妳就拿著吧。」我從阿嬤手裡接過袋子，和阿娟一起跑出了門。

去村子的路上，阿娟問起了我關於爸爸媽媽回家過年的事，我只說他們生意忙，就不再說什麼了。阿娟說今天還有一件重要的事情要做——她要划船去島上。這個小島我嚮往很久了，聽到今天要去，心裡有些激動。

到村口的時候，阿娟順道叫上了阿嬌和阿俊，他們早就等在那裡，看見我去他們都很高興。來到阿娟家的門口，推開院門，看見她阿嬤手裡提著一個大大的黑袋子。

「阿娟，妳去哪裡啦?現在才回來。」

「阿嬤，我去找阿兆了。請他和我們一起去島上。」

「阿兆仔，你告訴家人沒啦?要和我們去島上的事?」

「我……我……告訴了家人的。」阿娟對我使了使眼色，我吞吞吐吐地說道。

我為了去玩，撒了一次謊。趁阿娟的阿嬤不注意的時候，我朝她吐了吐舌頭。

「你阿嬤也去?」

「那當然，不然誰開船。我們可都還沒有經過成年禮。」說完，阿娟就跑開了。

「出發啦，去島上了!」阿俊高興地跑在前面。「等等，阿娟還沒出來啦。」阿嬌說道。

「來啦，我來啦。」阿娟從屋裡走了出來，手裡還提著一串漂亮的「海灘九貝」。

「哇，阿娟，妳可真漂亮。」阿嬌說道。

阿娟穿上了一身紅色鑲著花邊兒的衣服，映著她的笑臉，真的很美。我心想：阿娟去島上怎麼會穿得那麼漂亮，新衣服不是都留著大年初一穿嗎？因為趕時間，我也沒有多問。不過，阿嬌和阿俊倒像是知道原因一樣，一點也不驚訝。

來到海邊，我們五人坐上了一艘小漁船，阿娟的阿嬤開著船。當機器的轟鳴聲響起的時候，小漁船離開了海灣。

一路上，我的心情只能用兩個字來形容，那就是激動。阿俊偷吃著袋子裡的碗粿，嘴上鼻子上蹭得到處都是，像一隻貪吃的小貓。阿嬤把著船的方向，朝我們笑了笑。

「阿俊仔，你多大了？」

「十二了。」

「來，學著開開漁船，過兩年就可以出海了。」

「我不學，更不想出海。」

「阿俊仔，漁家男孩怎麼會不想出海呢？來，我教你。」

「阿嬤，我不學，我害怕。」

黃家阿嬤搖了搖頭，微笑著望了阿娟一眼。阿娟從漁船中間的凳子上站了起來，走到船頭。

「阿嬤，我來吧。」

「好，這樣把著方向，往左是這樣打過來的啦，往右是需要轉動這裡。遇到風浪你要握緊這個位置，船就不會有危險。」

阿娟皺著眉頭，認真在一旁學著。黃家阿嬷慢慢地把方向給了阿娟。我們都為阿娟鼓起了掌，阿娟回過頭來朝我笑了笑，站到對著方向盤的那個木梯上像模像樣開起了船。

「阿嬷的阿娟真勇敢，是個男孩就好啦。」

「阿嬷，女孩和男孩都一樣。」

說話間，因為操作不熟練，方向偏了一下，我們都驚呼一聲。

「剛開始都這樣，這個方向盤有點重，慢慢熟悉了就好了。來，讓阿嬷來吧。」

「不，阿嬷，我要自己學會開著船登上島上。」黃家阿嬷看了看阿娟，不再說話，只是默默站在阿娟身邊。一個小島出現在我的視野裡。

我看到阿娟和阿嬷站在船頭，海風吹著她們的頭髮。

「下錨，我們要靠岸了。」

「靠岸了，靠岸了……」大約十五分鐘後，我們的小漁船停靠在了島上。

我和阿娟一前一後下了船。

「你們兩個還在吃。阿俊，你過完年就會是一頭肥豬仔啦。」阿娟回過頭來說道。

「呵呵……」

「林家阿嬷做的碗粿，味道真的很好啦。」阿嬌和阿俊一路都在漁船中間的木凳上坐著吃碗粿。

三

島上不大，島上很清靜，海灘上嵌著星星點點的貝殼。遙望海灣的方向，顯得朦朦朧朧的。黃家阿嬤停好船後，提著那個黑色的袋子朝樹林中走去。阿娟跟在她阿嬤身後。我和阿嬌、阿俊走在後面。

「阿兆，你第一次來島上嗎？」

「嗯。」我點了點頭。

「你知道阿娟來幹什麼嗎？」阿嬌看了看我問道。我搖了搖頭。

「阿兆，阿娟來祭拜她的媽媽。我和阿俊每年都會陪她來。」

「阿兆、阿嬌，今年這島上的鳥都沒有多少了。這島上會不會有鬼啊？」

「有，就是你這個調皮鬼。」阿嬌對阿俊說道。「不會有的，我媽媽會保護我們的。」

阿娟走過來對我們說。

我們幾人走到一座孤墳前停了下來。我知道，這墳裡睡著阿娟的媽媽。

「阿英，我帶著你的阿娟來看你呢。過年了……」黃阿嬤像是在和誰聊天一般。阿娟拿出手裡的九貝，用一根樹枝掛了起來，立在媽媽的墳前。黃阿嬤從那個黑色的袋子裡拿出了許多紙錢和蠟燭，慢慢地點燃。阿娟在媽媽的墳前跪了下來，從衣服袋子裡拿出一張紙打開。

「媽媽，您在另一個世界還好嗎？我已經長大了。

我喜歡上了吃牛肉，阿嬤每天早上起床幫我做早餐的時候，都會在碗底放一大塊牛肉，叫我不要給阿姨看見。我天天偷吃，阿嬤說只有這樣，我才會長得壯壯的。雲阿姑還把你的藍色『海灘九貝』掛在店裡。阿姑說，永遠不賣，等我長大後，她就會送還給我。媽媽，今天，有一半水路是我開的船，我要好好學會開船。等我再長大一點時，我就可以一個人開船來見你了……」阿娟的臉上掛著兩行淚珠。

聽著阿娟的訴說，我相信這種隔著天堂和人間的對話。阿嬌過來碰了碰我的手，指了指海邊。我明白意思後，就和阿俊、阿嬌向沙灘走去。

「阿兆，讓阿娟和她媽媽待會兒，我們幫她撿貝殼吧。」

「是啊，過了年等鎮上開市，她就可以拿去賣了。」「嗯，好。」

這裡沙灘上的貝殼多是虎紋的，透著白色，也有淡紫色和淡黃色的，顏色比海灣的多很多。和阿娟在一起的日子多了，我自然知道哪些貝殼可以用。於是，我在沙灘裡搜尋著每一片可以用的貝殼。

阿娟祭拜完了，就跑來找我們，臉上露出了開心的神色。她在沙灘上蹦蹦跳跳地笑著，從她嘴裡又飄出了動聽的曲子。難道這就是能感受到媽媽在身邊的快樂嗎？

從島上回來已經中午過了，我一上岸就頭也不回地往海灣跑著。回到家裡，阿公阿嬤在露天陽台上已經擺好飯了。阿嬤看見我額頭上一層密密的汗珠，連忙問我去哪裡了。我不敢說實話，只說是和漁村的夥伴們玩得太開心了，忘了時間。阿嬤又問我玩什麼，我只是含含糊糊地回答了幾句。

下午的時候，海灣上空的烏雲散去，太陽溫暖地照耀著這個小漁村。一陣敲門聲響起，我從露天陽台上飛速跑到院子裡。站在石階上，老遠就看見三個黑黑的小腦袋瓜，是阿娟他們來我們家了。我跑著去打開門，阿娟他們嬉笑著走了進來。

「阿兆，你們家沒人嗎？」阿俊探頭探腦地問道。「有啊，阿嬤在廚房呢。」

「那你們家沒養狗？」

「有啊，專門養一隻咬你的小屁股。」

我剛一說完，阿娟和阿嬌就笑了起來，阿俊趕緊擋著他的屁股，也跟著我們笑了笑。「走，帶你們去露天陽台。」

我們四個高高興興穿過屋子，來到了露天陽台上。

「哇，真美！阿娟在來之前和我們說，我們不信，現在終於信了。真的可以看到整個北崖。」

「嗯，信了吧。」阿娟自信地說道。「這陽台上怎麼那麼熱鬧啊！原來是來了一幫小客人啦！」阿嬤從廚房裡走了出來。阿娟連忙跑過去，牽著阿嬤的手，叫了一聲：

提線舞獅

「阿嬤。」

「阿嬌、阿俊，你們兩個不叫，碗粿就你們吃得最多。」

「誰說我們不叫，就是排著隊一個一個叫。阿嬤，你的碗粿真甜啦！」

「阿俊仔的嘴巴才甜呢。你們先玩著，阿嬤等一下為你們做好吃的啦。」

「好，好，謝謝阿嬤。」

臘月裡的風並沒有多少寒意，但非常乾燥。我們的小臉上都乾巴巴地疼痛，阿嬤說海邊的孩子都要風吹日曬，這樣才能長大。

露天陽台成了我們和小黃雞們一起玩著遊戲的地方。看著小黃雞們你爭我搶地啄食是一件快樂有趣的事。

「喂，你們知道嗎？我阿公說過兩天有獅子要來海灣。」

「肯定知道了，大家都想那天快點來呢。」

「那，阿俊，你們知道來幾頭獅子啊？」

「兩頭啊，怎麼了？」

「牠們來了不咬人嗎？是不是來表演雜技？」他們你看看我，我看看你，一下被我的話逗樂了，

笑得腰都直不起來。我不明白他們笑什麼。阿娟把食指放在嘴上對大家說，叫他們保密，不要告訴我獅子是怎麼表演的，要給我一個驚喜。我從他們的言語中，倒有些好

奇了起來。

「不說就不說，到時我就知道了。」

大家拍著手跑來跑去地玩，阿娟開心地對著大海唱起了歌。

「來，一人一首。」阿俊提議說。

「來就來，誰怕誰。」我也不服輸，唱起了歌。

「阿兆，這是什麼歌？我們怎麼從來沒有聽過？」「這首歌伴著我長大，我爸爸的朋友們都喜歡唱，爸爸也經常唱，這首歌叫《英雄之歌》。」

「孩子們，吃年糕啦，加了紅棗的很甜啊。」

我們全部跑向了阿嬤為我們擺好的小桌子。我想他們也會像我一樣，在某一個時間裡，愛上這個散發著食物香味的漁家小院。

四

海灣的春節很熱鬧，家家戶戶都在拜拜，各種歡笑聲不絕於耳。放煙火的聲音夾雜著鞭炮聲或遠或近，此起彼伏。這些聲音對於我們來說，就是一串串飛天的音符，記錄著瞬間定格於心中的一種祝福。

除夕夜，阿公也買了幾根煙火，手裡的煙火放完後，我就在露天陽台上看著遠處的煙火，照亮了整片夜空。

過春節時，阿公的首要任務就是祭祖。我雖然是男孩子，但不想學這些，總是偷偷從阿公身後溜走。阿公忙完後，泡了一壺茶，坐在陽台上陪我看煙火。

「阿公，你看那邊的煙火，又大朵又漂亮，全是紅色的。」

「我們這一代人，很小的時候就和你的阿祖們出海討生活了。」

我一個人穿過中堂，來到了院子裡。阿嬤不在廚房，她在哪裡呢？我轉身看見媽媽住的房間裡亮著燈。阿嬤在媽媽的房間裡？我輕輕地走進房間，透過窗子的縫隙，看見阿嬤在打開媽媽寄回來的信，還有抽屜裡的一張張照片。我摸了摸胸前的哨子，心中一陣酸澀。

十一歲的我已經長大了，我學會了思念和愛。在這萬家團圓的日子裡，阿嬤沒理由不想爸爸媽媽。這個小院燈火通明，阿嬤置辦了許許多多過年的菜肴，年夜飯擺了滿滿一桌子。可是，沒有爸爸媽媽，除夕夜的桌上永遠冷清。這份沒有聚在一起的親情，是我們彼此心中的牽掛。

「阿嬤，我們去看煙火，很漂亮。」想起媽媽信中的囑託，我收起思緒，擦了擦眼角，推開門走了進去。

「阿兆仔，你和爸爸媽媽一起是怎麼過年的呢？」

「阿嬤，太小的時候就不記得了。跟您說說我記得的吧。」

「好，乖孫。」

「緝毒大隊每一次過年都很熱鬧，因為隊裡的叔叔阿姨們來自各地。他們有的包餃子，有的唱歌，還有的跳舞。可是等到深夜的時候，他們就都不愛說話了，站在緝毒大隊的陽台上，望著明亮的夜空，整個緝毒大隊安安靜靜的。」

「那爸爸媽媽呢？」

「爸爸和阿公很像，除夕夜的主要工作就是祭拜，有時也叫我跟著他祭拜。媽媽就在廚房裡忙著做好吃的。她也會做海灣的菜。」

阿嬤想了想，說道：「是，每一次媽媽回來看我和你阿公，她都跟在我身邊學著做菜呢。」

「所以啊，我們過年時，桌子上一定有兩種不同口味的菜肴。」

「那你吃幾碗飯了？」我用手指頭在阿嬤面前晃來晃去地比畫著。

「兩碗？三碗啦？」

我搖了搖頭，說：「阿嬤，我能吃五碗飯。」「阿兆仔還會說謊了，這個小肚子怎麼吃得下五碗飯呢？」

聽完阿嬤的話，我捂著嘴，忍不住笑出了聲。

「阿嬤，有一次過年，爸爸還出任務呢。」「過大年還出任務？」

「嗯，是的。那天晚上，我們一家吃完飯後，坐在河邊的木廊上玩。爸爸說要講趙子龍將軍的故事。剛講到一半的時候，鍾叔叔來找爸爸，他們說了幾句話後，鍾叔叔就走了。爸爸就不講故事了，他說要和我玩捉迷藏。只要爸爸願意和我玩，我肯定高興呀。於是，我們玩捉迷藏，爸爸叫我數到二十就可以去找他了，找到他就可繼續聽故事。」

「那你找到爸爸了嗎？」

「沒有。數到二十的時候，我找遍整個屋子都沒有爸爸的身影了。我去放鞋的地方看，爸爸的登山鞋不見了，他出任務了。我和媽媽就在木廊上等著，媽媽一直把我抱在懷裡等爸爸回來。那晚，我不知道我是怎麼睡著的。我只記得爸爸回來都是第二天晚上了。」

阿嬤聽完我說話，眼裡含著淚。

「阿兆仔，阿嬤抱抱你。我們出去露台上看煙火。」「阿嬤，你不要難過，爸爸媽媽有空會回來看我們的。他們今晚肯定也想我們。」「嗯，阿嬤知道啦。」

「阿兆，快出來看啦！」阿公在露台上大聲地叫我。

「來啦，阿公。」

我們站在陽台上，看見四周的燈火都在向海灣聚攏。現在已接近夜裡九點了，他們來海灣做什麼呢？

「對了，我聽說提線舞獅今年到海灣的林家祠堂廣場表演，他們是來看熱鬧的啦。」

「阿公，提線舞獅究竟是什麼？我的好朋友們都說得很神祕。」

「就是看兩頭獅子精彩表演，還有舞獅隊呢，去看看不就知道了。」說完，阿公笑了笑。

五

我和阿公阿嬤融入人群中，來到了林家祠堂廣場，這裡已是人山人海。

廣場上彌漫著很大的煙，到處都放著炮仗，煙火一朵一朵騰空而起。我四周看了看，終於看到林家祠堂旁邊就是林家大院。爸爸跟我說他兒時看提線木偶表演的地方，就是這個林家大院。這時，我感覺手和手臂突然被人碰了一下，回頭一看，原來是阿娟他們從趕來了。

「你們什麼時候到的？」

「剛到，我們去小院找你了，看見裡面沒開燈，知道你和你阿公、阿嬤肯定來這裡了。」阿娟大聲說道。

「阿兆，你不怕獅子咬你啊？」阿俊笑著對我說。「你們都不怕，我怕什麼？」

「那你來站這個位置，提線舞獅肯定從這裡來。」

阿俊望著前方說道。

「阿兆，你站這裡，等一下你就可以清楚看到提線舞獅了。」阿娟幫我挪出了新位置。

「不，我還是站後面一點，你們不怕嗎？兩頭獅子。」

「哈哈，阿兆，你在說什麼？那獅子又不是真的。」「啊？」我開始有些納悶了。

突然，有三顆炮彈煙火發出長長的聲音，一下飛上天空。這聲音有些像我的哨聲，但又比哨聲有穿透力得多。

「提線舞獅要來了！」人群中開始歡呼起來。有幾個打扮怪異的人走了出來，他們頭上包著鑲著金邊兒的黃色頭巾，身上穿著同樣黃色金邊兒衣褲。他們所到之處，就會點燃幾桶煙火。頓時，整個廣場猶如白晝。一陣音樂響起來了，喜慶而又悅耳。

「阿兆，這個音樂就是獅鼓樂，是呼喚獅子出來的。」阿娟附在我的耳邊大聲地說道。我朝阿娟點了點頭。

這時，兩頂紅色的轎子出現在人群中，各由四個人前後並排抬著。這下我才看明白，這不是真正的獅子，是由人工製作的獅子。阿娟碰了碰我的手，掩著嘴巴笑了起來，我也對著他和阿俊微微一笑。

「阿兆，站這裡來，看得清楚。你可是第一次看見。」我清楚地看見兩隻活靈活現的獅子坐在轎子裡，正對著獅子口的地方有一顆閃閃發光的龍珠。孩子們都圍了上來，阿娟也拉著我向提線舞獅走去。走近一看，只見四個人操作一個表演架子，架子上方還有一條金色的龍。在這些藝人們的操控下，巨龍的身體前後伸縮，口中的龍珠不停地擺動。龍的下方就是一隻獅子，這只獅子懸空吊裝在龍骨上。

提線舞獅

一系列表演都是用滑輪、鋼絲拉線連接舞動，隨著他們手中的線的交換，獅子還會上下翻騰，搶奪龍嘴裡的龍珠，我想這就是提線舞獅名字的來歷吧。

人群中，最顯眼的是在平台後操縱著拉線的那個人，他像跳迪斯可一樣，指揮著獅子表演各種動作。平台前有一個人提球引逗著，人們都在拍手叫著「搶」，在一聲一聲的叫聲中，獅子並沒有出來的意思。

鼓聲開始有節奏地響了起來，獅子的頭開始動了起來。就在人們不注意時，伴隨著鼓的聲音猛然加大，獅子從平台一下躍出，撲向銀色的龍珠。這時，手持火把的那個人在獅子搶龍珠時，用嘴噴出火焰形成一個火球，耀眼奪目。廣場上的人們拍著手驚呼不已。

「哇，好神奇呀！」

「阿兆，怎麼樣？提線舞獅好玩吧？」阿俊站在旁邊，眼睛都不眨一下。

「等著，還有更精彩的。」

「還有？」

「當然啦。提線舞獅的表演精彩，煙火也很精采啦！」

阿俊的話音剛落，燦爛的煙火便打響了驚人的一炮。只見一朵巨大的水仙花騰空而起，真是一鳴驚人之勢啊！接著，許許多多的小水仙花便肆無忌憚地在天空中開放。隨著一聲巨響，許許多多的色彩出現了，但又在瞬間消失了。

煙火快結束的時候，他們又點燃了一種異常奇特的煙火，只見它燃燒著衝向天空，在空中炸響，卻不見蹤影。正當人們尋覓火花去向的時候，那些「花瓣」卻像跟人們捉迷藏似的，突然在你眼前展現出來。人們正在驚歎的時候，提線舞獅又開始了自己的表演。煙火四散開來，流光溢彩，鼓聲震天，人們歡天喜地，所有人都拍手叫絕，把提線舞獅的表演推向了高潮。

提線舞獅表演結束的時候，夜已經很深了，廣場上再一次燃起五顏六色的煙火。我和阿娟他們一起追逐嬉戲，阿公和阿嬷與漁村裡的人互相說著祝福的話語。廣場上的人久久不願散去，幾個漁村的人們，因為一場提線舞獅的表演聚集在一起守歲。

夜更深了，揮手和阿娟他們告別時，我又回頭看了一眼林家老屋。門上掛著大鎖，兩旁貼著春聯，鮮紅的色彩映入我的眼簾。春聯就像今晚的提線舞獅一樣，向林家的族人展示著平安和喜慶。

回去的路上，阿公告訴我，舞獅每年春節四處表演，所到之處一片掌聲和歡呼聲。阿公的這番話，讓我想起了爸爸，在邊境與毒犯、毒品對抗。無論他工作多忙，回到家裡總會泡一壺濃濃的工夫茶，靜靜望著河流，或者更遠的地方。來到海灣以後，我才知道，爸爸的眼神和出海歸來的阿公是一樣的，阿公也用同樣的眼神望著遠處的大海。

牡蠣

天歌

一

光陰飛快，我到海灣都快一年了。春季的海邊是忙碌的，站在露天陽台上遠望，不遠處的島上，到處都是漁民穿行的身影。他們有的在撿淡菜，有的在挖牡蠣。阿嬤告訴我，灘那邊的牡蠣都堆成了小山。

媽媽經常都會寫信給我，把她對我的思念還有她和爸爸的工作、生活都告訴我。媽媽還要我學寫日記，她說有一天回來海灣的時候，第一時間就是認真地看我寫的日記。我知道，媽媽是想看我成長的點點滴滴。我雖然不喜歡寫字，但媽媽的這點小要求，我是非常樂意答應的，因為值得記錄的事太多了。

前幾天，我在夜裡總是夢到歡歡。我就在信中請媽媽幫我查歡歡的地址。我特別想寫信給歡歡，告訴她我在海灣所有新鮮快樂的事。可媽媽來信說，歡歡和她媽媽去了另一個小城生活。因為特殊原因，連媽媽也查不到她們的地址。我心中有些失望，難道那個清晨的分別，是我最後一次見到歡歡嗎？

今天是星期六，做完作業後，我去北崖的沙灘上堆沙子玩，希望可以碰見阿娟他們。沿著石子路往下，路邊長滿了綠色的野草，開著五色的小花。小花對我們男孩子的吸引力並不大，我的目光落在草叢中那些紅彤彤的小果子上。這些小果子肯定也有名字，要是阿娟他們在就好了。

走到海邊那片芭蕉林旁邊的時候，我被一叢叢熟悉的葉子吸引了。海灣也有這種「躲貓貓草」，我真的不敢相信。我像得了寶貝一樣，急急採了一叢葉子握在手裡。這些小小的葉子，喚起我童年最快樂的記憶。

「阿兆，你在幹嗎？」

熟悉的聲音響起，我回過頭去，原來是阿娟他們來到了我的身後。我連忙收起葉子，笑呵呵跑了過去。

「阿娟、阿俊、阿嬌，你們都來了？我還以為你們把我忘了呢。」

「不會，不會，就算忘了阿嬤做的碗粿，也不能忘了你啊。」

「阿俊，我發現你永遠和吃最親。」

「呵呵，呵呵……」我們幾個又開心地玩在一起了。

「來，我給你們看樣好玩的東西。」

「什麼？什麼？」幾個腦袋好奇地湊了過來。「看，這是什麼？」

「唉，不就幾片葉子嗎？那邊有很多。」阿俊用手指了指芭蕉林。

「你們知道這葉子是有名字的嗎？還可以用來玩遊戲呢。」

「這就是石縫裡長出的普通葉子，能有什麼名字？這片海灘能玩的東西，我們會不知道？」

「阿兆，別理阿俊，你和我們說說，叫什麼名字？怎麼玩遊戲呢？」

「好奇了吧？這葉子叫『躲貓貓草』。」

「呀，好特別的名字！那怎麼玩呢？」

「來，阿娟你過來。你們等著，等一下一起玩。」

阿娟笑著走了過來，我把阿娟帶到離他們幾公尺遠的地方，背對著他們開始行動。我用手折了一小支葉軸，望著阿娟笑了笑，迅速地放到另一支葉軸上，兩支葉軸一下黏連在一起，根本看不出哪一支是我新黏上去的。我又用手抖了抖那叢葉子，表示不會掉下來。阿娟在我旁邊驚奇地瞪大了眼睛。我故作神祕地拿著躲貓貓草來到阿俊和阿嬌面前。

「來吧，你們可以玩了。」

「怎麼玩？」

「尋找出我剛才拔下來又黏上去的那枚葉子，只准看，不准用手扯。」

「這還不簡單，我來。」

阿俊一把拿了過去。左看右看，又抖了抖，沒有任何動靜。於是，他只能把葉子遞給了阿嬌。

「阿兆，你是不是故意玩小魔術，根本沒有把摘下的葉子放上去？」阿俊不服氣地說。

「不會，我看阿兆摘下來放上去的。」

「這裡，這裡，我找到了！」阿嬌興奮地叫了起來。四個小腦袋湊到了一起，看著阿嬌從葉幹上拿下另一枚葉子。

「神奇吧，來，我教你們玩。『躲貓貓草』就是這樣和你們躲貓貓的。你們看，這樣拔下一枚葉子，被折斷的地方會留出一點點有黏性的液體，而這些葉柄上長滿了細細的茸毛，像這樣輕輕蓋上去，就會黏在一起了。每一枚葉子都是一樣的，如果不仔細觀察，你們是發現不了的。」我給他們演示著。

「嗯，好玩。我把這些『躲貓貓草』帶回漁村去和他們一起玩。」

「阿俊，剛才是誰說阿兆玩小魔術的？」

「這……阿兆，對不起。」

看著阿俊摸著腦袋，不好意思認錯的樣子，誰也不會真的對他生氣。

「阿兆，我們在這裡長大都不知道這種『躲貓貓草』，你是怎麼知道的呢？」阿娟拿著手裡的「躲貓貓草」認真看著，然後望向了我。她永遠是一個好奇的女孩。

「這種草在以前我家住的河邊很多，我的賈巴爺爺在我很小的時候就教會了我玩『躲貓貓草』。後來，我有了好朋友歡歡，每天下午放學後，我就和她一起玩。誰輸了，誰就被刮一下鼻子。有時歡歡輸了也會耍賴，她就圍著河邊的芭蕉林跑，跑累了就去我們家吃蜂蜜。河邊上常常響起我們的歡笑聲……」

「阿兆，你哭了？」

「沒有，是海風吹瞇了眼睛。」

「我知道，阿兆是想家了，也想他的好朋友歡歡。」

我望了一眼阿娟，點了點頭。

「可我現在不知道歡歡在哪裡，找不到她了。」

「阿兆，別難過，我們陪著你。」阿嬌拍了拍我的肩膀。

「對，以後，我們經常帶你去我們的漁村，那邊的孩子很多。我們在一起玩很多遊戲，還可以叫華仔他們帶我們出海。」

說完，阿俊拉起了我的手，阿娟、阿嬌也把手伸了出來。我們四雙小手緊緊重疊在一起。一陣海風吹來，我們四個在北崖的沙灘上許下了第一個諾言——做最好的朋友，永遠不分開。然後，我們彼此伸出大拇指「蓋章」。

我想告訴他們，我和歡歡的友情很深很深。我還想告訴他們我和歡歡的許多故事，從爸爸把她抱回來的那個夜晚到我們流著眼淚分別，可我卻不能說。

二

阿公出海的那天是星期天，我和阿嬤送阿公上碼頭。

祭海就要開始了，各種祭器和香燭一一準備好，碼頭上人頭攢動，我有點興奮，也有點害怕。我拉著阿公的手問：「阿公，你們準備幹嘛？」阿公告訴我，我們居住的這個村子，古時最盛大的活動莫過於祭海！漁民靠大海吃飯，當然對大海充滿無限的敬畏和崇拜啦，必須對海神恭恭敬敬，出海才能保平安，然後才能捕到很多魚。祭海的習俗，已經在我們當地流傳了好幾百年啦，比我的曾曾祖還早很多呢。

傳說，古時一個漁民在淺海打魚時，撈到了一條死去的大鯉魚，他翻看魚鰓還是鮮紅的，認為這魚剛死不久，還可以吃，於是將魚帶回家，打算做成佳餚。哪知道，當漁民拿刀正要刮鱗片時，鯉魚竟然跳動起來。漁民被嚇了一跳，趕緊住手，實在是太奇怪了。

這時他聽到屋角裡傳出慈祥的聲音：「這條鯉魚不能吃，牠是龍母的化身，快把牠放了，讓牠回歸大海。你要多做好事善事，在這裡修建一座廟宇，供奉龍母。龍母今後會保佑你們捕魚人出海平安。」漁民豎起耳朵恭恭敬敬地聽著裡面的教導，他立即捧起鯉魚走向海邊，將鯉魚放生。當鯉魚漸漸遊入深海快要看不見時，忽然，海面上空出現了一團祥雲，慢慢地，一位面容慈祥的龍母朝他點頭微笑，漁民看得目瞪口呆。龍母迎面向漁民停留片刻後，便隨著那團祥雲消失在茫茫大海的上空。

漁民回到村裡，把這件事向周圍人講了，村民們都很支持他修一座廟供奉龍母的想法。於是，當地居民積極籌款，有錢的出錢，沒錢的出力，用了半年時間，就建起了一座縱深約二十公尺、寬約八公尺的龍母廟，並在廟裡的神龕上供奉起了龍母聖像。從此，龍母廟香火繚繞，三百年不斷。每年祭海時，人們從四面八方趕來，都要虔誠地祭拜龍母。

經年累月間，「龍母精神」在漁村成了一種民間信仰。每逢龍母及其他海神的誕辰，龍母廟都會舉行或大或小的廟會祭祀活動，答謝諸神的恩德，祈求出海平安，魚蝦滿艙，來年風調雨順。

我看到各種洗得乾乾淨淨的供品依次擺上去了，一個穿著禮服的爺爺高聲朗誦著什麼。兩邊鑼鼓喧天，他們已經把龍母從龍母廟裡請了出來，有穿著盛裝、打著花傘的婦女，歡天喜地從龍母廟出發。大家一路唱著歌，沿街舞龍舞獅，走過小橋進入另一條大路，前往村子裡繞一圈，再回到龍母廟，在廟前擊打喜慶腰鼓、吹奏嗩吶、燃放鞭炮，以答謝龍母娘娘和諸神對自己及家人的庇佑。在持續三天的「還福」活動中，龍母廟香客雲集，香火鼎盛。人們總是忘情地唱啊跳啊，把一年來的所有疲勞和辛酸都忘掉。

牡蠣

隆重的祭海儀式結束後，我們看著村裡那艘最大的漁船駛出海灣，向東海開去。阿娟他們來找我了，四個小身影手牽手並排走在海灘上，春天的暖陽從我們身後照映過來，把我們的影子拉得很長很長。

阿娟的爸爸沒有替她買三洋牌錄音機，她爸爸說今年的鮑魚沒有賺到錢。我們都安慰著阿娟，希望她不會感到失望和孤單。

她看著大海笑了笑說：「沒事啦，我自己賺錢買，大海什麼禮物都會給我的。」

藍藍的海
藍藍的天
海鷗飛出雲翩翩
海上看日出
一天又一天……

阿娟的歌聲又響起了，還是那樣的純美空靈，迎著海灣的一縷陽光。

阿俊說以後阿娟肯定能到電視節目上面唱歌，我和阿嬌都用力點了點頭。

春潮過後，海灘上的貝殼越來越多。看著這些琳琅滿目的貝殼，我終於見識了什麼叫作貝藻類的王國。阿俊的爸爸告訴他這片海域有好多好多種貝類，也就是說多得我們數都數不過來。我們背著背簍，在海灘上來回穿梭著，玉螺、圓螺、八角螺……這些被海水沖上來的螺都成了我們給阿娟撿來做「海灘九貝」的配件。遇到週末的時候，阿娟還會把製作工具搬到北崖上，我們一起在最大的那塊礁石上做「海灘九貝」。

海邊的孩子們總能找到很多事情做，阿嬌叫我們下午去挖牡蠣，明天就可以和阿娟一起去鎮上賣。挖牡蠣是我心中嚮往已久的事，當然高興地答應。

快到中午了，我哼著歌回家。

「阿兆仔，你上午去哪裡了？」

「一直在北崖上玩，上午幫阿娟做『海灘九貝』。阿嬤，下午我想去挖牡蠣。」

阿嬤看了看我，高興地說：「去吧，海邊的囡仔一天天長大啦，總要沾沾海水，這樣，你可以長得更結實，百毒不侵了。」

「阿嬤，爸爸小時候挖過牡蠣嗎？」

「當然挖過啦，挖牡蠣可是鍛鍊人的工作了呢。」我剛吃完午飯，阿娟他們就來了。阿嬤為我準備了一把很薄很鋒利的刀。我背了一個網袋就和他們一起出發了。

「阿兆仔，注意潮水。」

「放心吧，阿嬤，我們會多提醒阿兆的。」

來到下礁灘，我看見許許多多的人都在忙碌著。幾百畝海灘一眼望不到頭，潮水退去，灘塗被密密麻麻的牡蠣覆蓋，有的地方甚至堆出了一座座「牡蠣山」。

放下背簍，他們就開始忙了。阿俊雖然不喜歡大海，但他在陸地上工作很厲害，看著他揮舞著小刀的樣子可真俐落。我是第一次挖牡蠣，有些不知道怎麼下手。

牡蠣

阿娟挖了一下子，回過頭來看了看我，笑著招手示意叫我過去。

「阿兆，你要這樣。把這個鋒利的刀片插進去，然後向右用力，就打開了，撬出牡蠣的肉。你看，這樣……這樣……方法對了，挖起來就快多了！」

我認真地看著阿娟的演示，阿俊也圍過來教我，原來挖牡蠣還需要些小竅門，更準確說是「撬」，用石頭砸不太可靠，不僅難從石頭上剝離牡蠣肉，還容易打碎牡蠣的皮。

我在海灘上找一個牡蠣密集的地方，蹲下身，尋個較大的牡蠣，看準殼底與石頭間的縫隙，學著阿娟他們的樣子，將小鏟子插進去，輕輕一撬，就能連肉帶殼從石頭上剝落了。

慢慢熟悉後，我自己也尋找到了一片挖牡蠣的小天地，開始忙碌起來。我越挖越有趣。阿嬌說如果我們挖了很多，就可以賣牡蠣，把錢給阿娟存起來，買三洋牌錄音機。

「啊！」我正挖得高興的時候，鋒利的刀片一下割在我的手上，左手三個手指鮮血直流。

阿娟他們聽到後，連忙丟掉手裡的工具和牡蠣，向我這邊跑來。阿俊跑近一看，慌忙用手遮住了眼睛，直叫頭暈，還一直嚷著暈血。我只能用力地捏著手腕。阿娟皺著眉頭，四處尋找著可以幫助我們的漁民。忽然她向一個阿公跑去。幾句話後，阿公跟在她身後來了，看了看我的手，從腰間取下一個酒壺。

「阿仔，忍著點啦。」

看著鮮血直冒的手指，我彷彿看見了我的父親。我點了點頭沒有說話，盯著老阿公的黃酒從壺裡倒出，淋在我的手指上。然後，他從口袋裡扯下一塊白布，用酒沖了沖，包在了我的手上。疼痛的感覺向我襲來，我皺了皺眉頭，咬緊了牙。手指包好後，阿娟他們才鬆了一口氣，阿俊哆哆嗦嗦走了過來。

「膽小的傢伙就是你了！」阿嬌對阿俊白了一眼。阿俊撓了撓後腦勺，沒有說話，用表示歉意的眼神望了我一眼。

「沒事，你看這不好了嗎？怪我自己不小心了。」「阿兆，對不起。等一下我背你回去啦。」

「哈哈，不用，我手受傷了，又不是腳受傷。」

我們幾個你一言我一語地聊著。

「阿仔，你不是我們海灣的人？」

「阿公，我是海灣的。只是不在這裡長大，不會說閩南話。」

「那你是哪家的仔啦？很勇敢呢。」「阿公，我是林敬堂的孫子。」

「那你是林忠道的孩子？」

老阿公看了看我胸前的哨子，有些吃驚地問我。「嗯。」

剛回答完老阿公的問題，我就有些後悔。阿嬤從不讓我說起爸爸和媽媽的事情。今天這位老阿公怎麼會知道爸爸的名字？

「像，真像，像你阿爸細漢（小）的樣子啦。」這句話一出，讓我放鬆了對他的警惕。他居然認識我的爸爸，按他的年齡看，和我阿公差不多，認識我爸爸那肯定是真的。

「阿公，您認識我爸爸？」

「當然認識，我也姓林。」

「您也是海灣的？」

「對，是的啦。」

「阿公，您的家在哪裡？我叫我阿嬤去感謝您。」「不用啦，我們還會再見的啦。」說完，他背著酒壺走了。

「囡仔，今天退潮時間是上午十一點到下午兩點，以後會每天順延半小時，適合趕海的時間大概有三個小時，注意看潮。」

「謝謝阿公！」我們幾個異口同聲地對著阿公遠去的背影說道。

「阿兆，還痛嗎？怎麼會那麼不小心？」阿娟焦急地走到我面前。

「沒事，我這不好好的嗎？只是不能幫你們挖牡蠣了。」

「阿兆，你去上面坐著吧。我們把近處這一片挖完就一起回去了。」

「阿娟，我本來是想挖很多牡蠣的，拿去賣了可以買那台錄音機。」

「沒事，還有我們啦。」

「好的，阿俊，你們去忙吧。」

「對了，剛才那阿公怎麼會認識你爸爸呢？」「不知道。不過，也沒什麼啦，我爸爸也是在這裡長大的啊。」

「阿兆，我是說阿公那吃驚的眼神。」「這，我也不知道……」

其實，我的心裡比他們都吃驚。因為從小生活在緝毒大隊裡，我總是隨時隨地保持著警覺。

三

人們提著網袋陸陸續續地上岸了。我們收拾了一下自己手裡的牡蠣準備回家。阿俊幫我背網袋，阿娟把刀裝進了她的網袋裡。漁民們高聲談論著今年的牡蠣又豐收了，這一條海岸線是最知名的野生牡蠣產地，水溫非常適合牡蠣生長，這些都是野生牡蠣大豐收的主要原因。

走上公路後，我們遇到很多來收鮮牡蠣的商販。詢問價錢後，漁民們紛紛把網袋裡的牡蠣倒了出來，拿去過秤。阿俊和阿嬌都交了上去，阿娟也把自己的網袋交了上去，快過秤的時候，阿娟突然說：「等等，我要挑八隻最肥的留起來。」

「妹仔，你本來就沒有多少啦，一起賣了。」

「不，我有急用。」

商販沒有辦法，只得讓阿娟挑。剩下的牡蠣過完秤後，阿娟得到了四十五塊錢。

「沒關係，明天我們來早一點。過不了多久，我就可以買錄音機了。」

「阿娟，你還差多少錢？」

「呵呵，不告訴你們，慢慢存，快夠了。」說完，她大步地朝前面走去了。

「這八隻牡蠣是犒勞我們自己的，想吃的跟我去養殖場那邊。」

「真的？」

「那當然。阿俊，你聽到有吃的是不是就開心了。」

「呵呵，我沒別的愛好，就喜歡吃。」

「屬豬的？」

「你還說對了，我真是屬豬的。」

經過海灣的時候，我看了看山坡上的小院，門是關著的，阿嬤去放龍鬚菜肯定還沒有回來。眼睛落到了這三隻不爭氣的手指上，這傷口得躲開阿嬤的眼睛，不能讓她為我擔心。

「阿兆，你以前的家有牡蠣嗎？」阿娟問道。

「沒有。應該只有海邊才有吧。」

「吃過烤的沒有？」

「沒有。」

「好，今天讓你嘗嘗鮮。」

我們先後上了阿娟他們家的小漁船，到了放養殖場，阿娟俐落地開始在炭爐上生火，阿俊和阿嬌去清洗牡蠣。我坐在靠近養殖場的小木屋前，受傷的手指還是有些一跳一跳地疼痛，看來我是不能幫忙了，就和阿娟的小黑作伴吧。

牡蠣

我雙手托著下巴望著他們各忙各的，小黑坐在我身旁的地上吐著長長的舌頭。生好火後，阿娟看了看四周，端著一個小盆往最前面的一排養殖場走去。走到網箱前面，她彎下腰用小手在網箱裡面撈了撈，拿出兩隻鮑魚裝進小盆裡，快速往回走。來到我面前時，她朝我笑了笑，把一隻鮑魚拿在手裡，在我眼前晃了晃。

「阿兆，你的手流了那麼多血，給你補補啦，請你吃我們家的鮑魚生魚片。」

「鮑魚生魚片？」

「對，我們這裡的名菜。」我好奇地看著阿娟。

阿俊和阿嬌清洗完牡蠣後，就開始準備大蒜和辣椒醬。當炭火爐上的火燃起來的時候，他們就把牡蠣放上去。

我看見阿娟把活鮑魚先用鹽搓洗一遍，然後去殼，再用刷子把鮑魚刷洗乾淨，摘去腸肚，又將鮑魚一圈波浪形的肉去掉，用片刀片成一片片能透光的薄片。

「哇，今天有口福了！鮑魚生魚片！」阿俊大聲叫道。「小聲點，你想讓我阿姨聽到嗎？」

阿俊吐吐舌頭，不再作聲，繼續和阿嬌一起處理著炭火上的牡蠣。

阿娟轉身進到木屋裡拿出一包鹽，倒進碗裡，用力揉捏鮑魚片，揉得差不多的時候，就用黃酒醃起來。大約十分鐘後，她叫我們都過去。阿俊從碗裡抓起一塊生鮑魚塞進嘴裡，嚼了起來。從他的神情看出，這確實美味。可我卻不敢去拿。

「阿兆，吃啊。不要怕。」

「算了，你們吃吧，我吃那個。」我指了指炭火上的牡蠣說道。

「不吃你會後悔的，美味極了。天下第一美味。」

阿俊一邊吃一邊說。

阿娟把碗端到我面前，挑了一塊最薄的遞給我。看著他們吃得美味的樣子，我伸手接了過來放進嘴裡。我輕輕咬了一口，有一種硬硬的感覺，倒真沒有腥味，也吃不出是生的。我又用力咬了一口，一嘴海鮮味立刻沾滿了我的味蕾。我連忙伸出手去阿娟碗裡再拿一塊放進嘴裡，大口吃著。他們看著我這個樣子，都高興地笑了起來。

放在炭火爐上帶殼的牡蠣已經開了，阿嬌把切成片的大蒜塞了進去，還放一些辣椒醬又烤了幾下，隨著「啪、啪」的聲音，牡蠣都張開了，一股鮮美的熱氣升騰起來。

這些屬於大海的饋贈，在他們的手中變成了美味，我真的很羨慕他們。

「阿娟，你們在幹什麼呢？餵鮑魚了嗎？」阿娟的新媽媽來了，站在岸上大聲問著。我們都緊張了起來。

「馬上就餵了。」阿娟急忙回答道。

阿娟的新媽媽老遠就看到了我們手裡的牡蠣殼，也沒有說什麼，抱著阿娟的小弟弟走了。

八隻牡蠣，一人兩隻。我還吃了鮑魚生魚片，肚子撐得圓圓的。抬頭看看天色已不

牡蠣

早，我們四人各自回家。

阿嬤看到我回去了，忙從廚房裡端出來一碗鱈魚湯，擺在桌子上。小黃雞們圍著打轉，我從屋簷下取來小米粒，撒在地上，牠們就歡快地吃了起來。一邊吃還一邊撲著翅膀。

「阿兆仔，今天挖了多少牡蠣了？」

「那個……我沒有挖多少。」

「沒見你拿回來呢？」

「阿嬤，我們去阿娟的養殖場那裡全烤來吃了。你看，肚子都圓了。晚飯都吃不下了。」

「哦，出去可不要那麼貪吃了。來，再飲（喝）一碗湯啦。」

我看了看雪白的魚湯，端著碗幾口氣就下肚了。我偷偷把受傷的那隻手藏起來，生怕阿嬤看到。

「阿兆，你褲子上怎麼有血啦？哪裡受傷了？」

阿嬤立刻放下她手中的碗，跑到我的面前，把我從凳子上拉了起來。

「阿嬤，這……這……這裡。」

肯定瞞不了阿嬤了，我只能硬著頭皮把受傷的手指拿了出來。

「還痛嗎？」

「早就不痛了。一個阿公給我用黃酒消過毒了。」「和你爸爸細漢（小）時候一樣，讓阿嬤擔心啦。」

第一次挖牡蠣，不算成功，但我感受到了真正的友誼。等我受傷的手好了以後，我一定要挖很多的牡蠣，阿娟就可以買三洋牌錄音機了。

天黑了，我跟在阿嬤身後，在小院裡轉來轉去。「阿嬤，今天我嘗到海水的味道了。」

「什麼味道啦？」

「海水是鹹的。」

阿嬤聽我說完，微笑著端著碗進了廚房。

白茶樹

天歌

一

夏天剛到，海灣就開始熱起來了。

一大早，我被一陣敲門聲驚醒。是不是爸爸媽媽回來了？我立刻光著腳跑下了樓。

「林家阿嬤在嗎？」

「在啦。」

阿嬤去打開院門，進來一個神色匆匆的年輕女人。「阿芬啊，什麼事啦？」

「林家阿嬤，你家還有白茶嗎？我家瓜仔出疹子啦。」

「有，有啦，你等著。」阿嬤走進臥室，打開紅色的大木櫃，從最上面一層取了一小包東西遞給了那個女人。她連說了幾聲「謝謝」後，急急地出了院門。

「阿嬤，什麼叫白茶？」

「白茶就是白茶樹結的茶葉了。」

「茶還可以治病？」

「嗯，是的啦。」

「我可從來沒聽說過白茶還能治病呢！」

阿嬷忙著去院子裡掛龍鬚菜，一個人吃力地把穿在繩子上的龍鬚菜搬進獨輪車裡，等一下把它們全部運到海邊養殖場。

「阿兆仔，作業做完沒啦？」

「早做完了，阿嬷。」

因為手痛，我只能在屋簷下看著阿嬷忙碌，不時地幫阿嬷扶著獨輪車。不知是不是沒有睡好，今天總感覺自己的眼皮重重的，眼皮好像比平時厚實了一點，摸起來鼓鼓的，難道沒有睡好就是這樣子嗎？再摸摸臉上，感覺有些發癢，一連打了好幾個哈欠。

「阿兆，阿兆在家嗎？」這是阿俊的聲音。

循聲看去，阿俊、阿娟他們都來了，圍在牆邊踮著腳，小腦袋從牆外探出來。

「等等，我來幫你們開門。」

「快點啦，阿兆，你還在裡面拖拖拉拉幹嘛，我的腳都站麻了。」

阿俊又在外面叫起來，看他不耐煩的樣子，我真想出去往他屁股上踹幾腳，當然啦，不是很用力的那種。

院門一開，他們三個歡笑著跑了進來。

「阿嬷，我來幫你鋪龍鬚菜。」

「阿嬷，我幫你打結。」

「阿嬷，我幫你拉上車。」

「你們的嘴巴可真甜，是來我們家找吃的吧?」「阿俊是，我們不是。」阿嬌望了一眼阿俊，笑著說。「你們不用幫忙的啦，去陽台上玩去吧。中午我為你們做好吃的啦。」阿嬤摸著阿嬌的小辮子說。

「謝謝阿嬤，我們開始忙啦。」

阿俊一說完，他們果然行動起來。他們人雖小，但工作有模有樣的。看吧，小孩子的手就是靈活，東一下，西一下，連阿嬤都趕不上他們。不知怎麼的，我暈得更嚴重了，感覺腦袋裡嗡嗡嗡一直響，眼前的事物好像在轉圈圈一樣，漸漸與平時不一樣了。我走到阿娟打繩結的地方，有氣無力地跟她說了幾句話。

「阿兆，你怎麼了?說話就像沒吃飯一樣。」

「沒事，就是有點暈，眼皮重。」

「昨晚沒睡好?」

「也許吧。」

這次有了三個小幫手，速度大大加快，龍鬚菜不一下子就被裝上車了，阿嬤高興得直誇他們能幹。我們和阿嬤一起推著獨輪車下到海邊，放到養殖場裡面後，我們高興地跑著回來了。阿俊還一路爭著給阿嬤推車。

「阿俊仔真是一個聽話勤快乖囝仔啦。」

「阿嬤，您別被阿俊騙了，他哪是想幫您啊，他是覺得這個車好玩了。」

「沒有，沒有，就沒有。」阿俊被這麼一「告發」，連忙辯解。

「那就是貪吃，想阿嬤幫他做好吃的。」

「不是，你們能不能把我想好點呢？」一狀未成，一狀又起，阿俊已經無力再辯解了。

「哈哈……哈哈……」我們一齊大笑起來，阿俊臉上的愁雲才慢慢散去。

沿著石子路上來，都留下了我們的歡笑聲。

「想吃什麼啦？都可以告訴阿嬤。」

「好哦，阿嬤真好。」阿俊的臉上又開始燦爛起來。「聽聽，阿俊這聲音甜得發膩。」阿娟說完看了一眼阿俊，阿俊朝阿娟吐了吐舌頭。回到院子裡，我們在露天陽台上玩著各種遊戲。

小黃雞們已經長成了大黃雞了，像是在歡迎我們的到來，嘰嘰喳喳地叫個不停。

「阿兆，你知道嗎？下個月初九是阿娟的生日。」阿俊說道。

「這麼巧，我的生日也是下個月，我是十七那天。」「好啊！好啊！阿兆，我們一起過生日。」

「你多大？」

「我十一。」

「哈哈，我也十一啦。但我比你大啦，我初九你十七。」

「阿兆，那你怎麼長那麼高？」

「嘿嘿，阿俊，這你不知道了吧？我爸爸媽媽長得高，這叫遺傳。」

「啊？完了，我爸爸很胖，我不是也要長我爸爸那麼胖？」

「所以啊，阿俊，你不要饞了。等一下林家阿嬤做的好吃的，你就免了。」

「這個……我下次再免吧，這次來都來了，不吃多不好意思啊。」

「吃你個小肥豬崽……」阿娟笑著說道。

我們都被逗樂了，只有阿俊不開心地站在那裡，嘟起了嘴。

「來啦，好吃的燜魚飯來啦。」阿嬤給我們做的是黃魚燜飯。我平時最喜歡這種飯，鮮香入味。可今天不知怎麼了，我實在沒有胃口。

眼皮越來越重，耳朵背後有一些癢，臉上比先前更癢了，

我伸手撓了撓。看著他們你一碗我一碗地吃著，我心裡可真開心，又想起了我們昨晚在養殖場那裡吃鮑魚生魚片的情景。

「阿俊，你別吃了，都吃第三碗了。」阿娟追著阿俊說道。

「不，我要吃，就要吃。」阿俊端著碗圍著桌子轉，阿娟怎麼也抓不到他。吃著吃著，我突然看不清楚阿娟還有四周的陽台，只覺得天地都在晃動，耳朵嗡嗡地響著，眼皮重得實在撐不住了，我一下栽倒在地上。阿嬤驚叫了一聲，手裡端著的湯一下打翻在地上，立即衝到我面前，把我從地上抱了起來，拼命地叫著我：「阿兆仔，你怎麼啦？

阿兆仔，你怎麼啦？」

阿娟、阿俊、阿嬌看到這場面，居然全嚇哭了，我意識全無，腦袋一片空白，模模糊糊中聽到他們叫著我的名字。

「阿兆仔，你聽到我喊你沒啦？」阿嬤著急地抱著我在懷裡來回晃動。

我感覺好像有點轉好了，意識裡能聽到阿嬤的叫喊，還能感覺到有一隻手一直握著我的手，可我就是睜不開眼睛。

「阿兆仔，如果你能聽到阿嬤喊你，你就動動手指頭。」

我使出全身力氣動了動手指頭。

「阿嬤，他動了，動了。」原來，一直握著我手的是阿娟。

「阿嬤，你快看，阿兆的臉上有好多小紅點！」阿俊驚叫道。

阿嬤看了看，緊張地摸了摸我的頭。

「出疹了，這是出疹了！仔們，你們快回家去！出疹會傳染的啦。」

「阿嬤，我不怕！」

「阿嬤，我也不怕。」

「我們要留下來陪阿兆。」

「快回去啦！阿兆身體好了再來找你們玩。」阿嬤吃力地把我從地上抱了起來，背進了房間。

在阿嬤的堅持下，他們才依依不捨地離開。

「阿嬤，我想喝水。」我微微睜開眼睛，迷迷糊糊地說了一句話。

我只感覺到口乾舌燥，渾身發癢。阿嬤連忙去廚房端來一碗開水，扶我起來，一點一點地餵到了我的嘴裡。

我很難受，覺得自己是不是快死了。剛才迷迷糊糊中，我看到了阿嬤端著一碗藥，說：「阿兆仔，你喝了吧，喝了藥身體就好了。」我看了一眼胸前的哨子，好想我的爸爸媽媽。

二

今晚的海灣下暴雨了。入夏的雷聲一聲接著一聲，閃電劃破夜幕。我無法靜靜躺著，只想伸出手抓臉上的紅疹。阿嬤按住我的手，用她的手輕輕地撫摸著我的臉頰。

紅色的河流其實一點也不太平，尤其是暴漲過後，更是令人感到後怕。

在這黑漆漆的長夜裡，阿嬤抱著燒得滾燙的我，求著媽祖娘娘，求著觀音菩薩，淚珠都滴到我的臉上了。此時此刻的我根本無力掙扎，只想好好睡一覺。模糊中感覺自己好像又回到了舊家，正躺在媽媽的懷裡。我彷彿又看到了紅色的河流，看到了穿著警服的爸爸，看到了六子叔叔，看到了賈巴爺爺，還看到了歡歡……

夢中，我又和歡歡一起，在緝毒大隊二樓的陽台上摺千紙鶴。摺了一陣子，我說：「歡歡，我們比比看，看誰摺的紙飛機飛得遠。」

歡歡立刻有了精神：「比就比，誰怕誰？」於是，我就和歡歡摺起了紙飛機。我很快摺好一架，站在迎風口，呼一下扔出去，飄呀飄呀，久久在空中飄蕩。

歡歡說：「不行，我們應該一起飛。」

我把紙飛機撿了回來：「好啊，你是無論如何也比不過我的。」我們站在二樓的陽台上，數了「一二三」，讓手裡的飛機一起往外飛，結果這次我居然輸了。

我有點不開心，歡歡說：「一次小比賽而已，我們還是繼續摺千紙鶴吧。」歡歡附在我的耳畔告訴我，她媽媽說千紙鶴代表祈禱和祝福。所以她從懂事起，每次她爸爸出任務，她都會摺千紙鶴，一個個祈禱疊在一起，最終就會實現一個願望，她爸爸一定能平安歸來。

一切都是那樣真實。我又回到了那個響著長長警笛聲的早晨，從緝毒大隊到河流邊，一路都鋪滿了白色的菊花。賈巴爺爺流著淚為軍車打開大門，歡歡的爸爸從一輛軍車上被抬了下來，一塊白色的布遮住了他全身，所有的人都落淚了。我和媽媽站在陽台上，看著歡歡撲在她爸爸身上大聲地哭喊著。我在淚眼模糊中，看到歡歡和她媽媽一起坐著車走了，她手中的千紙鶴散落了一地。本來，千紙鶴帶著美好的寓意，這突如其來的變故，讓所有的美好寓意瞬間破碎為一地的淩亂。

我掙脫媽媽的懷抱，從樓上衝了下來，追著那輛軍車跑了很遠很遠。隔著車窗，歡歡流著淚向我揮手。任憑我怎樣呼喊，歡歡都沒有回來。

「歡歡，歡歡，你不要走……」我一直在夢裡哭喊著。我的耳旁又響起了火車的聲音，我就是坐著火車離開的。我也不知道是靠什麼熬過來的，不記得自己喝了多少次水，更不記得自己說了些什麼，只隱隱約約聽見有人說話的聲音。

「阿娟，你怎麼來了？」

「阿嬤，我已經出過疹了，不會被傳染的。我是來看有沒有什麼可以幫忙的。」

「乖女，你幫阿嬤去燒白茶水吧。」

迷迷糊糊中，我感覺是阿娟站在我的床邊。

「阿兆，快快醒來。我們一起去划船，一起玩『躲貓貓草』。我們還可以去北崖用沙子堆你說的那種插著紅旗的木閣樓房子，我們一起唱歌……」

我能感覺到一滴溫熱的淚滴在我的手背上。

「阿娟，你幫我扶著阿兆，我幫他用白茶水擦洗身上。」

「阿嬤，阿兆什麼時候會醒？」

「過了今晚，疹全部發出來就應該醒了。這白茶可是我們漁家救命的藥。」

「阿嬤，阿兆病了，他的爸爸媽媽會回來嗎？」「我也不知道。」

「阿兆的爸爸媽媽是做什麼工作的？他們一直很忙嗎？」

「等阿兆醒了，他以後會告訴你們的。」

我在忽遠忽近的談話聲中，用手摸了摸胸前的哨子，又沉沉睡去了。

三

一束光照了進來，天亮了，我清醒了許多。睜開眼睛，我感覺自己睡了很長很長的一覺。頭重腳輕，身體裡空空的，我知道自己生了一場大病。

阿嬤看見我睜開了眼睛，一下哭了起來。「謝謝媽祖娘娘啦……阿兆仔，還難受嗎？」

「不難受了，阿嬤。」

「你知道嗎？阿娟昨天來守了你一天了。」

看來，我不是在夢中看到阿娟的，她真的來過。「阿嬤，我餓。」

「等著，阿嬤再用白茶幫你洗澡，然後幫你做粥喝。」

「阿嬤，為什麼剛醒又要洗澡呀？」

「你出疹，白茶是用來去你身上的毒。」

阿嬤拿來一個木盆，用水桶提來了茶水。我脫了衣服，下到木盆裡的時候，我自己都被身上的紅疹嚇了一跳，從頭到腳，全是紅點。阿嬤說：「疹子出三天癒三天，洗了白茶水，一個星期就會好。」

白茶樹

「阿嬤，我記得這白茶，上次妳幫阿娟擦脖子上的傷。」

「嗯，對的啦。」

「那你給阿芬姨的白茶也是這種嗎？」

「嗯，是的。阿芬姨的仔也出疹了。這白茶是藥也是茶。三年成茶，七年是藥。」

「阿嬤，那這些白茶從哪裡摘來的呢？」

「在後面那座山上，有一株古茶樹啦。」

「那現在我洗身上的白茶也是在那棵樹上摘的？」「嗯，是的啦。五年前，你爸爸回家來看我和你阿公時，去了一趟山上。山上的惠慈住持給了你爸爸一些，叫他帶回漁村啦。我一直保存著，漁村裡有人需要時，我也給他們一些。」

「阿嬤，現在這木盆裡的白茶可以喝嗎？」

「傻仔，不可以的啦。要喝白茶，是有講究的啦。如果在白茶裡加入竹葉心，就是竹心茶，是祛除體內的風火的良藥；如果加上炭火呢，就是火燒茶，是祛除體內寒濕的良藥。這些喝法可都是治病的良方啦。」

「阿嬤，現在那棵茶樹還在山上嗎？」

「當然了，由白雲寺裡的惠慈住持看管。古茶樹一年可以採兩次茶，惠慈住持會把茶留下來，贈給需要幫助的人啦。」

「阿嬤，等我身體好了，我要去山上看那棵古茶樹。」

「嗯，阿兆仔快快好起來。這次，你可嚇壞阿嬷了。來，把受傷的手也洗洗啦。」

阿嬷往木盆里加著茶水，她的眼圈紅紅的。

「阿嬷，我不想您再為我難過了。」

「好啦，阿嬷不難過。下次寫信要把你出疹的事告訴爸爸媽媽，這可是你一生中的大事情啦。」

「嗯，知道了。阿嬷，你想我的爸爸媽媽嗎？」「想，可他們要工作啦，還要抓壞人，是不是啦？」「嗯，我也想他們了。」

洗完澡後，阿嬷將我全身上下包起來，不讓我到陽台上去吹海風，我只能在院子裡玩。遠望山巒，傳說的神祕色彩把它包裹了起來，我想走近它。也許，山上那棵在海風中挺立了千年的白茶樹會告訴我許許多多的故事——關於海灣，關於那個神祕的林家大院。

山上

天歌

一

夏天來了，海灣的天氣越來越好，但偶爾也會下一場大雨。

「一場夏雨半山綠。」

抬頭望著山上，白雲寺就掩映在山林之中，能看見古寺高高的房頂。山上雨後呈現出一片新綠，隨著山上樹木的長大，山好像也在長大。阿公說

山上是越來越雄偉了，預示著山下的人們也越來越興旺。我想阿公說的也就是那個「一帆風順」的寓意吧。

阿嬷讓我寫了一封信給爸爸媽媽，把我出疹的事認真說了一遍。這些日子裡，阿嬷哪裡也不讓我去，整天待在家裡，吃了睡，睡醒了又吃。不知為什麼，無論白天還是黑夜，只要我睡著的時候，就會做夢。夢中，我看見爸爸媽媽回來了，他們穿著警服，微笑著推開院門。可我總看不清他們的臉，只有爸爸帽沿上的警徽，發出閃閃的光芒，在我的夢裡無比清晰。

這段日子裡，阿娟經常來看我。再見到阿俊和阿嬌，已經是十天以後了。他們爭著告訴我，在我生病的時候，他們挖了許多牡蠣。他們還偷偷地來到院門前看過我，看見

我打扮得跟個小老頭似的。聽到這些，我總是傻笑著望著他們。

「阿娟，你存的錢夠買錄音機了嗎？」

「阿兆，我暫時不買了。過年時我們家賣的鮑魚真的沒有收到錢，爸爸現在很著急，聽說那人跑了。我阿嬤有風濕病，一到春天，她的腿痛得路都走不了。」

「哦，原來是這樣。」

「阿兆，你不知道吧？海邊生活的人，沒有幾個老人不得風濕病的。」阿俊說道。

「要不，我們一起幫阿娟湊錢吧，這樣就可以早點買到錄音機。」我提議道。

「好，我願意。」

「我也願意，一直都是這麼想的。」

「你們做什麼啊，我不願意！我的『海灘九貝』很好賣的，過不了多久就有錢買錄音機了！」

「我們都是好朋友，就應該互幫互助。阿娟，妳要接受。」阿嬌說道。

阿娟一下沉默，不再說話了。

「走，我們別爭了，大家開心玩吧。」

「好啦，我們都跟著阿俊走吧。」我們奔跑著來到北崖下面的沙灘，這裡可真美！十天沒來，夏天的海邊又多了一些不一樣的景色。湛藍的天空中掛著幾朵白雲，柔和的海風讓眼前的世界變得浩瀚無垠。藍天之下，極目遠眺，可以看見一灣海水、一片蕉林，還有一條通往東邊的沿海公路。我們赤著腳行走在白白的沙灘上，生怕驚醒了躲藏在沙土裡的珠貝。海浪連綿，忽遠忽近，所有的濤聲都來自那段高高的北崖，回首望去，那飛濺的水珠就猶如天女散花一般。在這片沙灘上靠近公路的地方，還有些海草和仙人掌，它們可是兩種不同的生命。夏天裡，所有的生命都靜靜活在風和浪刻意營造的這幅美麗的圖畫裡。

遠遠望去，養殖場那邊，幾艘小船漂浮在海上，那兒離岸有近五十公尺的距離。漁民們用一根粗粗的纜繩牽引，它的浮沉完全超乎眾人想像。海邊的春天並無風雨，沙灘迎著巨浪展開了它博大的胸懷。寄居蟹在沙土裡鑿出了一個個小洞。整個沙灘靜靜的，聽不到汽笛的聲音，也沒有飄來漁歌。海灣小漁港那邊，海風吹起船上的旗幟，這是一個可以聞到鮮魚味的美麗地方。

「面對大海，我們會懷揣夢想，不會匿藏心事，我們之所以喜歡海邊，就是因為仰慕海的寬廣……」

「阿兆，你在說什麼啦？」撿著貝殼的阿俊回過頭來問我。

「哦，沒什麼，只是想起我爸爸告訴我的一句話。」

「哦……哦……阿兆是個想阿爸阿媽的猴囝仔。」

「呵呵，我才不是呢，阿俊你給我等著……」「來啊，這裡呢……」

追跑著，嬉鬧著，願這片沙灘永遠那麼美，因為這裡留下了我們童年的足跡。

山上

藍藍的海

藍藍的天

海鷗飛出雲翩翩海上看日出

一天又一天……

阿娟快樂的時候，她就喜歡用歌聲來訴說她的心情。漁家孩子是這片海的兒女，在大海的庇護下長大。

「你們知道山上的故事嗎？」我望著他們問道。

「哪一個故事啦？山上有很多故事的。」阿娟回答說。

「神仙種茶樹的故事。我身上的疹子就是用了那棵千年茶樹的茶葉煮水，洗了就不癢了。」

「嗯，聽過。」「我也聽過。」

「那你們見過那棵老茶樹嗎？還有那位採摘茶葉的惠慈住持？」

「沒有。」

「我也沒有。」

「阿兆，別問了。我們這個年齡，都沒有登上過山上。」

「阿娟，那我們什麼時候去山上？」

「好。不過得清早就出發，山上很高的啦，路不好走。」

「阿娟，你怎麼知道的？」

「我聽我阿嬤講過了。」

「嗯，好。我們明天早上出發。」晚飯的時候，我跟阿嬤說了我們要去山上的事，阿嬤答應了。她告訴了我要走的路線，並囑咐我，如果我們找不到路，就往回走。

今晚，我摸著哨子入睡。海灣又漲潮了，海浪的轟鳴聲很大很大。迷迷糊糊中，爸爸今晚走進了我的夢裡，他對我說：「阿兆，大海是漁家人的母親。海浪聲是她輕拍著每一個孩子入睡。聽懂大海的聲音，你就能永遠堅強，就不會孤單和害怕……」

朦朧中，我彷彿聽見有人在海上唱歌，高昂的曲調中透著淒涼，怎麼會有歌聲？由遠而近，像是阿嬤的聲音又像是阿娟的聲音。

「這是什麼歌？為什麼會讓人傷心落淚。」

「這是屬於大海的讚歌。」

「爸爸，爸爸……」伴著呼喊聲，我睜開了雙眼。天大亮了，想起要去山上尋古茶樹，我一下子坐起身來，看見爸爸給我做的哨子就放在我的床邊。我記得我把哨子掛在脖子上睡下的啊！不想了，夢中故事也忘了一半。我快速穿好衣服，重新把哨子掛在胸前。

二

阿嬤幫我們準備了蚵仔煎、蟹黃糕、炒河粉。阿娟他們來到坡下就開始叫我，看見他們幾個熟悉的小身影，我跑跑跳跳地離開了家。

「阿兆仔，路上小心，早點回來啦。」

「知道了，阿嬤。」

沿著海邊公路往東走了十多分鐘，我們就開始爬山了。在海邊行走，我不是他們的對手，可要說到爬山，他們就真不如我了。

我從前住的地方的山很大，一座連著一座，遇到我們一家放假的時候，爬上山頂看日出是我們最開心的事。我總是開心地跑著跳著，走在爸爸媽媽的前面。

我們剛爬到一半的時候，阿俊就走不動了，一直吵著要回去。我想了想，可不能半途而廢了，要是阿俊回去了，多可惜啊！我們是好朋友，我得幫助他。

阿俊貪吃，我要鼓勵他走到山頂。我把阿嬤做的蚵仔煎和蟹黃糕拿出來。

「阿俊，走到前面那棵大樹下，我給你一個蚵仔煎。」

「別說了，我都偷吃了兩個了。知道你是鼓勵我，我會堅持。」

「呵呵，你還說，你個貪吃鬼。」阿嬌滿臉汗珠，看起來很累的樣子，但還是笑呵呵地沿著石梯往上爬。

歇了十分鐘後，我們繼續往前走。太陽快到頭頂的時候，我們來到了「一線天」。一塊完整的石頭被劈成兩半，石壁與石壁之間，只能讓一個人側著身子通過。如果長得胖一點的成年人想過去很難。

「阿俊，你得少吃一點了。要是你繼續這麼肥下去，你長大了就不能和我們一起爬山上了。」

「有什麼稀奇啦，大不了我就在這裡等你們。」「這裡？一個人待著？不嚇得你直叫『阿娘喂』。」「呵呵……」穿過一線天，到達寺廟的時候，已經是中午了。

我們四個爬上石梯，輕輕推開了寺廟的大門，悄悄伸個腦袋進去看了看。

「哪家小施主啊，來了怎麼不進去？」

我們被身後的聲音嚇了一跳。轉過身來，一個和藹可親的老和尚站在我們面前。

「法師好，我們來看山上上的白茶樹。我阿嬤還叫我們來問候一聲那位惠慈法師。」

「孩子，你不是本地人？」老和尚看了看我胸前的哨子問道。

「不是，我生長在外地，所以不會說閩南話。」

「哦，我就是惠慈。」我們一聽，連忙彎下腰給他行了一個禮，他以佛家禮相還。

整個寺廟清靜無比，除了山林裡偶起的鳥鳴外，這裡彷彿是另外一個世界。惠慈法師對我們的到來表示歡迎，帶著我們去後山看那棵千年老茶樹。一路上，我們有說有笑的。一個大急彎之後，前面出現了一個峭壁。一株小桶粗的茶樹就長在上面，四周一株雜草都沒有，茶樹可謂是一枝獨秀。

「這就是千年茶樹，它在這石壁之上吸取日月的精華，有著極其頑強的生命力，每年可採兩次茶。」「惠慈法師，那石壁這麼高，您怎麼上得去呢？」「我老了，現在採茶都是我的徒兒。他們在腰上綁好繩子，要從上面吊下來才能採得到。」「我阿嬤說它有千歲了，是不是什麼故事都知道？」

「世上的故事，都在人心中。你說它知道就知道，你說它不知道也就不知道吧。」

拜別惠慈法師的時候，他送了我們每人一包茶葉。這些都是他歷年積攢下來的寶貝，主要送給有需要的香客。我們趕緊收起來，心裡非常高興。

我們感覺下山比上山容易很多，遇到景色優美的地方，我們會停下來看看美景。還是阿俊眼尖，他發現前面不遠的地方有棵古松，松樹下有一塊非常平坦的大石頭，他連忙順手一指。

「走，我們去那裡歇歇啦。」

「好。」看了看天色，我們都表示贊成。

這裡可真涼爽，還可以眺望遠處的大海。我們幾個都躺在石頭上休息。

「阿兆，惠慈法師剛才看你胸前的哨子了。他怎麼知道你不是本地人？」阿娟好奇地問道。

「怎麼會不知道呢？人家是高僧，能掐會算啦。」阿俊躺在大石頭上望著阿娟。

「阿兆，這個哨子你為什麼一直戴著啦？」

「這是我爸爸親手給我做的，它可以保護我。」「保護你什麼？阿兆，你出疹的時候，我聽到你說了很多話。」阿娟望著我的臉。

此時，我心情很複雜。來海灣一年了，我們四人一起開心，一起難過，互幫互助，已經成了我最好的朋友，可我卻在他們面前隱藏著一切。

阿公和阿嬷告訴過我，叫我不能說出爸爸媽媽的真實身分，怕有危險。可是不告訴他們，我總覺得不夠真誠。爸爸媽媽也算是英雄，媽媽說他們的任務就是抓壞人。但是，沒有人去講爸爸媽媽是怎樣抓壞人的，有點遺憾。

望著他們的眼睛，好像在告訴我：說吧，說出來我們就沒有祕密了。

「我今天要告訴你們一個祕密，但你們要發誓，絕對不告訴別人！」我一下坐起身，認真看著他們三個人。「阿兆，怎麼了，你弄得那麼神祕呢？是關於這個哨子嗎？」

「嗯，對。你們發誓嗎？」

「好，發誓。我們要是說出去，就跌下北崖。」

「那年初夏，我出生在緝毒大隊裡。我出生後的第一眼，看見的就是閃閃發光的警徽。隨之而來的，就是聞到了漫山遍野的罌粟花的味道。因為，五月是罌粟花盛開的季節。我的爸爸是緝毒大隊裡的特警，和無數毒犯正面較量。我的媽媽在緝毒大隊裡做後勤，收發資料，接聽電話。從小沒有人照顧我，爸爸就用山上的竹子幫我做了這個哨子。哨子一響，媽媽就會出現。爸爸他們的每一次行動都很危險，也會結下很多仇家，那些仇人就是毒犯的親人，他們會想辦法報復。緝毒大隊裡根本就沒有像我這樣大的孩子，他們斷奶後就會被送走。而爸爸媽媽捨不得我，冒著危險把我留在了身邊。去年，爸爸在一次行動中立了大功，但主犯的弟弟遲遲沒有落網。有人在我們住的河流邊看見了他的身影，爸爸只能叫媽媽把我送回海灣。」

「你爸爸媽媽是怕你死掉嗎？」

「阿俊，別這樣說，聽阿兆說完。」阿娟望了一眼阿俊說道。

「我覺得他們不怕死，肯定也不希望我怕死。我是他們的小孩，他們希望我能平安長大後繼續走他們還沒走完的路。」

「那你長大了要去當員警？」

「當然，我要回去讀警校。」

阿俊忽然哈哈笑起來：「你也要當員警當英雄，鬼才信啦。」

我真不想跟阿俊解釋，他不信就算了，反正我的話說出來他認為就是個笑話。

「阿兆，我能看看你的哨子嗎？」阿娟望著我問道。「嗯，看吧。」我取下哨子，遮給了阿娟。

「阿兆，你的爸爸媽媽真偉大！」

「我也覺得他們偉大。可你們知道嗎？在緝毒大隊裡，我還看到六子叔叔犧牲了，歡歡的爸爸也犧牲了，他們比我的爸爸媽媽還要偉大！」

「他們都是英雄！」

「對，他們都是真正的緝毒英雄！」說完我的祕密，我心裡突然有一種輕鬆感，但他們沉默了。我們四個並肩坐著，吹著山風，望著天邊那片藍色的大海。

警徽

天歌

一

沙灘是我們天然的遊樂場，這裡留下的歡聲笑語可以裝滿我們童年記憶的百寶箱。

「阿兆，今天給你一個做『工程師』的機會。」阿娟光著腳丫，挽著褲腳望著我。因為天天在海邊撿貝殼，風裡來雨裡去，她臉上的幾顆雀斑更明顯了，但一點都不影響她在我心中的美麗，我覺得漁家女孩子就應該是這樣子的。

「什麼工程師？」

「還裝，以前我們剛認識的時候，你說可以用沙子修建一所兩層樓的小房子，還在房子面前插面小紅旗。」阿娟永遠是這種不依不饒的性格。

「哦，原來是那件事，你們還記得啊？」

「是的，所以你賴不掉。」

「我的祕密你們都知道了，肯定不會賴，我很願意當這個工程師，讓你們看看緝毒大隊。」

「好啊。」

「我負責多運一些沙來，長大我也要當英雄。」「阿俊，你要當英雄可得減減肥。」

「呵呵……」

「明天就減肥，不能讓你們再笑話我了。阿兆，以後你考警校的時候，也帶上我，好嗎？」

「哈哈，好的。」阿俊用一個長方形的小盒子來來回回運著沙子，阿娟和阿嬌幫我和著沙，我一把一把捧起來堆砌。

夕陽西下的時候，我們終於把一個小小的沙房子做好了。我彷彿看到了賈巴爺爺在打開每一個辦公室的門，我覺得自己又回到了警局。沙灘是空曠的，我們靜靜的，沒有了剛才忙碌時嘰嘰喳喳嘈雜的聲音，這座小小的「緝毒大隊」在我眼裡慢慢地變得高大。

「阿兆，你想他們了吧？」

「想，做夢都想。我總是能夢見河流。」說這句話時，我覺得我的眼睛紅了。

「阿兆，不要傷心了，好嗎？我幫你完成一個心願。」

「什麼心願？」我看了看阿娟。

「我能把你對歡歡的想念寄給她。」

「真的？怎麼可能！我媽媽都找不到她和她媽媽了。」

「看，在我手中就可能。」阿娟從包包裡掏出了白紙和筆。阿俊和阿嬌也圍了上來。

「阿兆，我的阿嬤說海裡不僅有老龍王，還有水神。水神和山神還有風神都是朋友，他們有時也會像我們一樣聚會。我們把這些紙疊成小船，寫滿你對歡歡的思念，水神就會告訴山神，山神再去告訴風神，風神就給把你的思念袋過去了。」

「真的？」

「我阿嬤是這樣告訴我的。」

「我們來幫你疊吧。」

「不，我自己疊，風神才會告訴歡歡。」

我在用沙堆成的「緝毒大隊」前疊著紙船，每一張紙上，都寫滿我對歡歡的思念，還有我們那段美好難忘的回憶。

我站起身來，拿著紙船來到海邊。海水是紅色的，映著夕陽的最後一抹色彩。放著紙船，我用手劃開了水，濺起的水花跑到我的嘴角，我又一次嘗到了海水是鹹的。

放完紙船後，我們準備各自回家。看了看天色，我邀請他們去露天陽台上玩。

「阿兆，你說阿嬤今晚會幫我們做什麼好吃的？」「貪吃鬼，你不是剛說了要減肥嗎？」

「阿嬌，是不是就你記性最好？」

「別爭了，你們放心，我阿嬤肯定幫我們做好吃的。」

四個身影來到小院子的時候，門是打開著的。我們蹦蹦跳跳走進了小院。

「全部都來啦？」阿嬤從廚房裡走了出來。

「阿嬤。」

「阿嬷。」

「聽聽，你們比我叫得還親熱。」

「今晚阿嬷做了蝦皮淡菜餅，等一下蒸好了，你們還可以帶回家去。」

「謝謝阿嬷！」幾個聲音不約而同響起。我回頭向他們笑了笑，帶著他們往露天陽台走去。

「大家晚上好，你們搬出凳子來坐在這裡，我跟你們講故事。」

「好啊，好啊……」

「阿兆，今晚講一個什麼故事？」

「我跟你們講一個我爸爸智取海洛因的故事。」

「海洛因這種毒品厲害嗎？」

「當然。」

「那它是什麼毒品呢？」

「這個你們就不懂了，讓我告訴你們吧。海洛因就是白粉，一種加工過的毒品。它的原材料是罌粟。罌粟夏季開花，我告訴過你們的，就是那種很漂亮的花。等到花瓣脫落後，就會露出果實，那就是罌粟果。用刀割開果實外殼，就會看見白色汁液流出，在空氣中氧化後風乾成棕褐色或者黑色的膏狀物，這就是生鴉片。經過一系列加工後，最終就成為海洛因。」

我的這段專業化的語言是六子叔叔告訴我的。阿娟他們聽得眼都不眨。

在上一所小學讀書時，六子叔叔經常身著警服來學校宣傳毒品對大家的危害。在他的演講裡，有他的戰友，有為了配合緝毒大隊抓毒販而遭到報復的民眾，還有犧牲的許多英雄。這些演講讓我們熱淚盈眶，也讓我們的內心更加充滿了對毒品的仇恨。

「阿兆，你真厲害！快說說你爸爸怎麼智取海洛因了？」

「阿俊，就你最急，聽阿兆慢慢講啦。」阿嬌打斷阿俊的話。

「那天晚上，夜已經很深了，緝毒大隊裡響起了警笛聲。媽媽飛快穿好衣服，把我從木床上抱起來就往局裡跑去。每一次爸爸他們出任務，媽媽都很擔心。我們剛到大門口就看到了我爸爸。他的臉上全是土，只有他帽沿上的警徽依然閃閃發亮。我走過去，爸爸一下把我抱在懷裡，親著我的小臉。緝毒大隊裡的叔叔們都圍過來了，大家都露出了開心的笑容。」

「你爸爸他們抓到了毒犯？」阿俊問道。

「不僅抓到了毒犯，我爸爸他們還繳獲了三箱海洛因。」

「哇，厲害！厲害！」

「告訴你們吧，繳獲這三箱海洛因，我爸爸功勞最大。六子叔叔告訴我和媽媽，毒犯他們看見緝毒大隊來了，急紅了眼睛，就把三箱海洛因埋在了大橋村東邊的那棵最大的芒果樹底下。你們可能想像不到，他們為了報復，在海洛因和芒果樹之間安裝了絲線雷。」

「什麼叫絲線雷？」阿俊馬上好奇起來。

「引線只有髮絲那麼細，不小心根本看不見，如果不小心碰到，五十公尺之內都會被炸飛。」「太嚇人了，毒犯那麼狠！」

「嗯，爸爸對我說過，他們與毒犯們之間的較量，就是一場生與死的搏鬥。」

「那海洛因怎麼取出來的呢？」

「六子叔叔說，當時他們懷疑毒犯們肯定耍了花招，不然不會輕易說出這三箱海洛因藏在哪裡。我爸爸衝在隊伍的最前面，他叫其他人撤退，他一個人靠近芒果樹。他先是用手輕輕挖鬆土，然後再仔細看，果然發現了絲線雷。整個緝毒隊伍都緊張起來，鍾叔叔命令我爸爸撤回來。可是我爸爸沒有。他把身上的警服脫下，再把帽子丟了回來，叫所有人離開。他輕輕靠近，看清楚每一條引線的走向，然後一根一根拆。每拆一根，爸爸就休息一下。」

「你爸爸不怕死，他可真勇敢！」

「我爸爸他們也怕死，他們想抓更多毒犯。而且，他們常說什麼東西丟了都可以找回來，只有命丟了找不回來。後來，六子叔叔告訴我，爸爸拆了七個多小時，才提回了那三箱海洛因。爸爸的汗水把芒果樹下的泥土都打濕一片。」

故事講完的時候，暮色已經降臨了。海邊的天色就是奇怪，遠望天邊的地方，一片亮光。

阿嬤為他們每人裝了幾個蝦皮淡菜餅，叫他們常來我們家。

二

很久都沒有收到爸爸媽媽的信了。我和阿公阿嬤除了掛念爸爸媽媽，就是擔心他們。像我出疹子這樣大的事，媽媽也沒有回信，有些不符合媽媽的性格。阿公說如果媽媽他們再不來信，就去鎮上找郵差阿財打聽。

今天是我十一歲的生日。

阿娟、阿俊、阿嬌都被我請到海灣來做客。我們圍著桌子吃著好吃的。阿公這次出海幫我帶回了三隻大紅鱘。阿嬤為我們做了紅鱘粉絲，這道菜一上桌，饞得我們口水直流。

阿娟說，她的生日是在罵聲中度過的。她爸爸聽她阿嬤說阿娟把前些日子存下的錢都幫阿嬤看風濕病了，心裡很感動。每天回到家裡，都看到阿娟在小院子裡敲著貝殼做風鈴，他心中實在不忍，就掏錢給阿娟買了那個三洋牌錄音機。阿娟的新媽媽有些不高興，罵了一頓，也沒有具體罵誰。生日那晚，阿娟並不理睬新媽媽，一個人抱著錄音機來到她阿嬤的屋子裡，聽著她喜歡的歌，還唱歌給她的阿嬤聽。

我聽到阿娟這麼說，趕緊把一塊紅鱘夾到她碗裡。「吃一塊紅鱘，補上妳的生日，以後每年我們都一起過好了。」

「好啊，那我們年年都可以吃到阿嬤做的美味了。」

吃完晚飯後，小夥伴們各自散去。阿娟送了我一串「海灘九貝」，海風一吹，它就叮叮噹噹響，像阿娟的笑聲一般清脆。

郵差阿財來了，他說查遍了所有的信箱，都沒有爸爸媽媽的來信，以他多年的送信經驗，根本不可能送錯或者漏送。阿公和阿嬤客客氣氣送走了阿財，院子裡靜悄悄的。今天是我的生日，可爸爸媽媽一點消息也沒有。就算自己變成一隻最勇敢的海鳥，也飛不到爸爸媽媽身邊。阿公坐在陽台上，手捧一壺烏龍茶，望著遠方。阿嬤收拾完桌子，一個人靜靜坐在那裡，像是在無盡地等待。

時間過得很快，這些天我們都在沉默與擔心中度過。

星期四下午放學後，我像往常一樣背著書包跑著回家，推開小院，發現我們家聚集了很多人。他們像是哪裡來的官員，在和阿公阿嬤說著什麼。看到我進去了，他們都向我招手。阿公和阿嬤坐在陽台上，臉陰陰的，沒有說一句話。我從來沒有看見過一向熱情的阿嬤居然會不叫客人坐下來喝茶。她只顧自己坐在那裡，臉上沒有任何表情。

看著眼前的一切，我知道我們家出大事了，而且和爸爸媽媽有關。

「孩子，你是林成兆？」一個戴著黑框眼鏡，穿著白襯衫的中年男人問道。

「嗯。」

「多大了？」

「十一。」

「你爸爸叫林忠道，媽媽叫蕭蘭，是嗎？」

「是……」

這個「是」字，我回答得很大聲。沒有聽他們問完，已經滿臉淚水。我在緝毒大隊長大，知道這樣的問話意味著什麼，爸爸媽媽肯定出事了！

「阿公，阿嬤……」我跑到他們面前時，摸到了他們被海風吹得冰冷的雙手。

「孩子，現在一切都還在確認！不要著急。」那個中年男人走過來，把我抱了起來。

又是等待，院子的門一直打開著，海灣的人很多站在了院門口，阿娟他們也在其中。眼前的這些人，他們中有我認識的，也有不認識的，他們都不敢貿然進來，但他們肯定知道我們家出事了。

一直等到夜裡十點多，那位官員模樣的人手機響了，打破了我們這個漁家小院的寂靜。所有的人都圍了上去，只見他用手指輕輕點開消息，看了看所有的人，表情沉重點了點頭。

「五月二十一日凌晨兩點五十四分。」

這個日子不就是我生日的前一天嗎？

「請問長官，是我的囝，還是我的兒媳？還是……」

「阿伯，是林忠道警官。他妻子蕭蘭無恙。節哀！」

「知道了，你們走吧。」阿公用手扶著桌子，慢慢站起來說道。

「爸爸，媽媽……我要爸爸……」我哭喊著，朝院門口衝去。阿嬤一下攔住我，使出全身力氣，把我緊緊抱在了懷裡。

「阿嬤，我什麼都不要，我只要我的爸爸媽媽。沒有他們，我覺得我腳下都是空的……爸爸，我的爸爸……」

「孩子，不哭了……」人們來勸著我。

「我不要聽，你們都是騙子。我爸爸不會死的，騙人……」

每一個來勸我的人，我都用手打他們，我變成了一個不講理的孩子。阿公和阿嬤坐在院子裡，一句話也說不出來了。

院子裡的人慢慢散去，阿嬤用手擦了擦眼裡的淚水，慢吞吞來到廚房幫我做了一碗米粉。

我愣愣坐在那裡，只感覺真正像天塌了一般。

我把從小到大爸爸和我在一起的快樂時光像在腦袋裡回想一遍，不願相信爸爸就這樣離開我了。我和歡歡一樣失去爸爸了。

阿嬤把米粉端到我面前，我沒有伸手去接，任憑眼淚流過我的臉。

「阿兆仔，聽話啦，把這碗米粉吃了。」阿嬤把米粉餵到了我的嘴邊上，我咬了一口含在嘴裡，「哇」的一聲又哭了。阿嬤把米粉放回桌上，把我抱在了懷裡。阿公慢慢走到中堂，我看見他的背一下就直不起來了。平日裡高大的阿公，一下子突然矮了許多。

夜越來越冷，越來越靜，我在阿嬤的懷裡睡著了。夢中我回到了河流邊，那個屬於我和爸爸媽媽的小家。我像小時候一樣，把爸爸的帽子戴在自己的頭上，在床上神氣走來走去。爸爸微笑著從我手裡拿過帽子，用毛巾擦著警徽。

「爸爸，為什麼你的警徽那麼亮？」

「因為，我要讓警徽的光芒照亮毒犯的心。」

「阿兆，你喜歡這枚警徽嗎？」

「喜歡。」

「好，以後爸爸送給你。」

「爸爸，什麼時候才可以送給我？」「等爸爸成為英雄的時候。」

「好啊，你是大英雄，我就是小英雄啦……」

「呵呵……」

「開飯了，阿兆仔。」

媽媽的聲音在夢裡也透著一股溫甜。這時，我的夢裡突然出現了兩聲槍聲。

「爸爸，爸爸……」

第二天早上醒的時候，我躺在爸爸媽媽的床上，手裡緊緊地握著爸爸給我做的哨子。多麼希望一切只是一個噩夢，醒來一切都是假的。可是，望著熟悉的院子，我知道這不是夢。

中堂的門大開著，阿公和阿嬤沒有了往日的微笑，臉上看不到一點血色，林家的許多族人都來了，他們在和阿公商量著什麼。

在人群中，我還看到了一張熟悉的臉。他看到我的時候，並不意外。他就是我牡蠣受傷時幫我包紮的那個阿公。他走進小院，徑直走到我阿公身邊，拍了拍阿公的肩膀。我看見他也用手擦著眼睛。他一定是我們家的至親，難道他就是爸爸告訴我的，那個守著林家老屋的三叔公？

中堂裡面，村裡的很多人都來幫忙了。他們在我的腦袋上纏了兩圈孝布條，院門的左邊被斜貼上了白色的長紙條。院子裡人們還在忙碌著，他們在做一頂半人高的紙轎。阿娟他們來到門口，遠遠望著我。海風吹進了這個小院，孝布條在我的臉上輕輕拂過，我看見他們的眼睛裡都含著淚水。

「阿兆仔，來，到阿公這裡來。」我慢吞吞地走到阿公跟前。

「乖仔，你不能哭了，爸爸明天要回海灣，你要去接爸爸啦。」望著阿公布滿血絲的眼睛，我點了點頭。

阿公走進中堂，幾個踉蹌，險些跌倒，村裡的族人忙扶住了阿公。他走到中堂靠左邊的地方，打開一包金紙，一張一張放金紙桶燃燒。

三

我的眼眶早已濕潤了，從此以後，我將永遠失去了爸爸。

我的爸爸是個英雄，他不但是今天的英雄，而且他比傳說中的英雄更值得驕傲。鮮血染紅的河流變得更紅了，爸爸在他短暫的一生中，把自己的力量都奉獻給國家。

在緝毒的這片領域，故事可以多到上萬，但很多很多故事並不為人所知，因為他們執行完任務，馬上就面臨下一個任務，舊故事還沒來得及訴說，已經被新的故事覆蓋了。

毒販在長期和員警打交道的過程中，已經具有非常敏銳的警惕性，他們甚至可以和抓捕他們的人決一死戰。大多數毒販都攜帶槍支，緝毒員警要隨時做好槍戰準備。

爸爸曾經說：「我們的工作是沒有劇本的，槍戰隨時可能發生，而且也不可能因為誰的一個小錯誤就重新再來一遍。」

在爸爸的營地裡，能讓外人知道的細節很少。我只知道緝毒員警的生活每天都充滿了各式各樣的考驗，一次小失誤可能會付出生命的代價。

那年冬天，爸爸負責追蹤調查一宗涉毒案件，根據最初偵查的情況掌握到一個販毒組織，這個組織構架非常龐大，涉案成員多達數十人。

在摸清了該販毒組織的整個關係網後，警方展開收網行動，當時該販毒組織的頭目在一家酒店的房間裡，爸爸和同事正在樓下準備抓捕，天羅地網已經悄悄鋪開。按照抓捕計畫，大家在準備完畢後，應該是衝入嫌疑人房間，將該嫌疑人抓獲。

可是，該嫌疑人反偵查能力非常強，他們常年在江湖穿梭，已經積累了很多經驗。他們可能是預感到不對勁，毒販突然從客房裡出來了，並乘坐電梯到達了一樓大廳。

這突如其來的變化，令樓下待命的人員措手不及，因為大家根本沒有其他的備案。「當時認得毒販頭目的人只有我。」爸爸說，「我一轉身看到他迎面走來，當時來不及多想我立即拔槍，旁邊的隊友也同時撲了上去將他按倒在地上。」這次驚險給了爸爸一個教訓，如果當時不果斷決定，可能就要放走這個重要的嫌疑人，甚至還要釀成血案。

「毒販下樓時手臂夾著一個小包，裡面放了一把上了膛的手槍，如果當時不是瞬間將他按倒，後果不堪設想。」爸爸說。

我真慶幸，心裡又是極大的驕傲，有這麼一個機警的好爸爸。

事情還沒結束，剛把該毒販抓獲，爸爸一回頭發現酒店門口開來一輛豐田皇冠車，而且該車司機見毒販被抓後，急速將車輛掉頭。剛才的毒販已經被制伏，爸爸見此情景立即追出去，「砰」的一聲，鳴槍示警聲響起，司機嚇得撞在了欄杆上，被抓獲後查明是該組織成員。

但是，在整個抓捕行動中，該組織還有一名主要成員漏網。當天上午，爸爸和同事匆忙吃了點早飯，連牙都來不及刷，就和隊友在公路的一家雜貨店門口發現了漏網的嫌疑人。結合掌握的資料比對，他們發現這輛車有重大嫌疑。當時該嫌疑人駕駛一輛豐田皇冠車停在路邊，緝毒組三輛車一起轟油門，將該皇冠車堵住。就在這時，該嫌疑人猛踩油門，撞開警車準備逃跑。

「砰！」爸爸衝下車鳴槍示警，但皇冠車絲毫沒有停下來的意思。眼看皇冠車撞開警車就要開走，「砰、砰、砰」又是三聲槍響，爸爸朝著皇冠車駕駛位連開三槍，皇冠車左側車門上留下了兩個拳頭大小的彈孔，右側的副駕駛車門玻璃被擊碎。本來是想給司機震懾，令他停車；沒想到這是個亡命之徒對眼前的警察毫無懼色，在公路上瘋狂逆行，疾馳而去。爸爸和隊友一路緊追，因怕傷及路人，最終未能追上。

回到住處，大家都很失落。爸爸安慰大家說：「不要怕一次失敗，毒販是個亡命之徒，我們隨時都要做好萬全的準備，包括犧牲。」隊友們沉默，他們在思考，這樣兇狠的毒販，該擬一個什麼樣的抓捕策略呢？

爸爸吃了晚飯，躺在床上久久難以入眠。他細細翻閱自己之前搜集的資料，一句話引起了他的注意：鍾某，男，三十九歲，嗜好賭博，經常出入市區SPA館。

「經常出入市區SPA館。」爸爸把這句話反覆琢磨，他眼前一亮，「同志們，立即與市區警察局局再次聯絡，盯住幾個比較隱蔽的SPA館。」已經快要入睡的隊友被爸爸叫醒，紛紛來了精神，大家又投入到緊張的研判商討中。

抓捕的天羅地網再次部署，市區幾個SPA館已經分別布下人手。黑夜沉沉，街上依然是燈紅酒綠，車輛川流不息；可是對於員警來說，再美的夜色也如看平靜的湖面一樣。他們如草原上的雄獅，隱藏在茂密的草叢中，一旦看到獵物冒出頭來，立即就把獵物逮住。時間一分一秒過去了，大家都很疲憊。隊員小胡說：「林警官，毒販可能不在這個區域喲。」

「放心啦，我已經查看了街道地圖，毒販出現在這一帶的可能性比較大。」

凌晨五點過十分，一個熟悉的身影在大廳玻璃窗裡晃動，爸爸睜大了眼睛，天哪，真的是昨天逃脫的司機鍾某！為了不打草驚蛇，他們穿便裝進入SPA館，以顧客的身分進去，槍就藏在口袋裡。

爸爸和隊友跟了進去，鍾某開了四〇二房，他剛進去還沒坐定，門被一腳踹開，爸爸和幾個隊友便把鍾某按倒在地。鍾某破口大罵：「你們都是些什麼人，知道老子是誰嗎？都給我滾開！」

不由分說，先把手銬給他銬上。在鍾某的口袋裡，搜出了一把小手槍，裡面已經上膛了七發子彈。

真是好險啊，如果再遲疑點，不知道還會發生什麼意想不到的事，好在這次行動總算圓滿收官了，所有參與販毒的人都落網了。

在緝毒的歲月中，爸爸沒怕過毒販，卻最怕在夜深人靜的時候想起我。因為我，他始終放心不下。可是現在，爸爸已經徹底放下了，他把所有的牽掛帶到了天堂。

四

爸爸的故事還有很多，請允許我再接著講幾個吧，也許，這是他一生中很少一部分能留給我們的回憶了。

在幾十年前，爸爸接到了新任務。每次執行任務，媽媽總是為他擔心，但是爸爸總能圓滿地成任務。

爸爸和戰友們在轉運站附近監控一名嫌疑人。那個人的警惕性非常高，走上十幾步就會迅速回頭觀察一下。碰上這麼一個時不時猛回頭的嫌疑人，員警只好不停地更換隊員監控。換到爸爸時，嫌疑人正好進了車站買票，爸爸跟了進去。看他上了大巴，爸爸在車下想確認他的位置。眼看汽車就要開了，他突然又走下來，一下子和在汽車旁邊的爸爸對視。

當時兩人的距離很近，他盯著爸爸看了一眼，滿是懷疑和警惕。爸爸停頓幾秒後錯開視線，離開了現場。走出嫌疑人的視野後，爸爸與隊友立即行動，快速從車站出口又繞回到大巴車附近，在嫌疑人的視野盲區確認了車牌號和他的座位，最後成功幫助隊友抓獲了這個嫌疑人。

還有一次，他們鎖定了目標，對方有好幾輛車，都很瘋狂，車速非常快，連輪胎都快被他們甩飛了，員警車子根本追不上。這時，一輛車子突然倒車，全速撞過來，員警車子被當場撞毀。一位隊友不顧安全氣囊的巨大衝擊力，迅速下車追捕，被對方狠狠擊打頭部，還死死抱住他不放，直到隊友們趕上來將其制伏。這是非常危險的一次行動，如果沒有極大的毅力，就有可能被毒販占了上風，將會付出更大的代價。

除了這些驚心動魄的抓捕行動，員警工作更多的是平凡瑣碎，甚至有時難堪得讓人難以忍受。大家很難想像毒販為了逃避檢查，會想出什麼辦法來運毒。有的將毒品藏在電腦、內衣、竹子、大米、汽車油箱裡；有的將毒品溶解藏在衣物、飲料裡；有的甚至用自己的身體藏毒。

抓獲體內藏毒的嫌疑人後，爸爸和隊友們需要戴著手套，從毒販的排泄物中將毒品挑揀出來作為物證。曾經有一個嫌疑人排了三天，才將體內的毒品排乾淨，取出毒品時滿屋子都是惡臭。可能很多人覺得這太難以想像了，但這就是他們的日常。

毒品對人的身體和神志有巨大的摧毀力，毒品上癮的人，是不顧任何後果的，最難看的是毒癮發作的樣子：滿地打滾，鼻涕眼淚一直流，大熱天裹著棉被還不停發抖。販毒讓多少人成為惡魔、讓多少個家庭墜入深淵！

為了遏制毒品的氾濫，成千上萬不知名的緝毒警察在與毒販鬥智鬥勇。緝毒戰線上那些因公負傷、致殘、犧牲的英雄們，他們在保護誰？如果，被他們保護的人卻反過來

天歌

為毒品開脫，那他們的付出又算什麼？他們的汗與血，都白流了嗎？

轉眼六年過去了，爸爸一共參與繳獲毒品兩百二十多公斤，比他自己體重的三倍還要重。這兩百二十公斤毒品要是流出去，不知道又要禍害多少家庭。

在爸爸的日記本裡，我看到了一行行文字，也許是詩歌，也許是他內心的獨白：

緝毒不是遊戲，
可以重新開始；
也不是電影作品，
可以多次重拍。
吸毒者的人生或可重來，
但那些犧牲的戰士們呢？
當你躺在舒適的被窩裡時，
是否想過他們在真槍實彈中，
一次次的死裡逃生？
「哪怕是一克毒品，
也不許『溜』過去。」
他們從不說辛苦，
與戰友並肩作戰是別樣的「浪漫」；

他們從不覺高尚，
因為自己的價值與使命就在於此。
我讀到這段文字時，眼眶已經濕潤了。
過了不久，爸爸和隊友們又有了新任務，這是一次聯合行動。
在一個靜悄悄的黎明，車隊祕密出發了，到達一個荒涼偏僻的地方。
在很多人的第一印象中，選擇高風險運毒的人一定是非常貧窮的人，但爸爸和同事們完成了這次聯合行動之後，發現很多細節與人們想像中的不一樣。
那是一對夫妻，他們是腳踏車愛好者。夫妻倆自己有車，但是運送毒品當天選擇租了一輛奧迪越野車，在後備廂裡還放著價值五十萬元的登山自行車，還有裝在兩個袋子中的七十二塊海洛因（一塊約三百克）。對於他們來說，應該是不缺錢用的，可是為什麼他們還要選擇這條危險又害人的道路呢？
聯合行動非常保密，只有參與的員警和官員才知道。爸爸清楚記得每一次抓捕吸毒者時觸目驚心的場景。
在城鎮邊界有一座大橋，下面有一所無人居住的破舊房屋，不時會有一些吸毒者在此聚集。屋內沒有燈光，打開門乍一看屋裡空無一人。
員警就鎖定了這座破舊的小房子。「打開手電筒一照，一名吸毒人員就藏在縫裡，很瘦的一個年輕人，二十歲左右。」將其帶回派出所檢查時才發現，注射毒品的針管還插在這名男子的大腿內側。隨後，他眼神呆滯，看起來已經吸了很久了，是個典型的癮君子。「可惜啊，你們這些人白白荒廢了自己的青春，葬送了自己的前途。」這名男子被送去強制戒毒，兩個月之後，當員警再去戒毒所時，這名男子已經發胖，起碼增重了二十多斤。這個速度很驚人，他們都差點認不出來。

在工作中，爸爸他們時常因為抓捕吸毒人員得罪他們的親屬，偶爾還會受到語言威脅。可是爸爸和行動組不會因為受到威脅就放棄手裡的工作。戴在頭上的警帽意味著沉甸甸的責任，那顆閃閃發亮的警徽更是不容許玷污，爸爸在緝毒的道路上沒有終點。

「有打電話的，說這個孩子身體不好，你們把他抓進去，要是死了就把屍體抬到你們家裡去；也有當面威脅的，說讓我們負責。」對這些恐嚇性的言語，爸爸早已習慣了。

在多年的一起共事中，可以說是出生入死中，爸爸和同事建立了深厚的友誼。由於在抓捕毒販的過程中充滿未知的危險，爸爸向同事們建議，抓到吸毒人員的時候，搜查要特別注意。他建議每人買一副手套，自己多留心。

在回憶起曾經和爸爸共同戰鬥的故事時，他的同事、隊友多次哽咽、紅眼。他們還記得，自己和林警官的最後一次對話仍然是在聊工作。

張叔叔說：「林警官在生活中處處嚴格要求自己，他做不到的，不要求別人去做。他要求別人必須做到的，自己也必須先做到，作為楷模，讓大家沒有話可說。」

「我當時想著，同患難共甘苦的一個戰友是多麼的難得啊，他盡職盡責的精神給了我很大的力量。」

隨著犯罪嫌疑人作案手法不斷升級，警方抓捕吸毒人員和販毒人員的難度也是逐年增加。

第二次任務，是搜捕一輛藏匿毒品的車。

當時已經得到消息，藏匿有毒品的一輛麵包車正從邊界開過來，但是道路有好幾條，也不知道對方的車牌號，掌握的資訊太少了。爸爸和隊友立即分頭行動，在各個路口派駐人員，逢車必查。

夜裡下起了雨，寒風中大家都冷得發抖，排查了好幾輛車都沒有任何線索。這時，一輛麵包車歪歪扭扭地從泥濘路上駛來，張警官示意車子停下來，車上只有三個人，司機、副駕駛上坐著一個穿西裝的人、後面坐著一個邋裡邋遢的中年男子。大家在車上仔仔細細搜查，沒有發現任何毒品的痕跡，而且這三人也是一臉無辜的表情，根本沒有任何臉紅心跳的跡象。搜查完畢之後，張警官放行。

時間一分一秒地過去，我們掌握的線索難道有誤？

大家不禁陷入沉思。可是雨依然還在下，當地的警方也沒有任何收穫。但當那輛麵包車行駛到爸爸所在的路口時，它的速度明顯變快了，照例是停車接受檢查。坐在車後面的那個中年男子嘀咕道：「剛才不是檢查了嗎，怎麼又檢查一次？」爸爸知道這輛車很有可能藏匿了毒品，他讓副駕駛上的男子出來，他撕開車座墊的布料，四五個圓筒形的物件滾落下來，狐狸終於露出了尾巴。原來，他們把毒品藏匿在了車座墊下，如果不是細心謹慎，這次行動又放了一條大魚。

聯合行動最後收網，又相繼抓捕了一批危害社會的販毒人員。

爸爸假如能聽到我的呼喚，他應該會很喜歡我為他寫的這首小詩：

天歌

你是人民的囑託，
你是邊疆的衛士，
在風雨中，從未放棄。
我在喧鬧的人間，
你在安靜的天國；
每次想起你，
總忘不了你的音容笑貌。
啊，那是我驕傲而偉大的父親，你堅守一份信念，
幾十年如一日。
你掃除一片毒源，
你和所有的隊友一道，
追逐一個理想，
重現一片藍天。

警徽

在路上的緝毒員警，盡心竭力、頑強拼搏，英勇、無畏、智慧，讓人民平安──

社會祥和，警徽閃亮！

林家老屋

天歌

一

今天的雲層非常厚，而且壓得很低，天空中飄著細雨，能見度有些低。耳邊清晰地迴盪著北崖下的海浪拍打著巨石發出的猛烈撞擊聲。

海灣的人們都來了。人群中還有許許多多的陌生人，他們有的是從鎮上趕來的。學校裡的師生們也來了，整個海灣的海灘都站滿了人，他們都身穿黑衣。

我看到了許多白底黑字的橫幅：

林忠道警官一路走好……

「我看著阿道仔長大的，不知道他一直在做員警啦……」

「阿道細漢（小）時候是北崖邊駕船最勇敢的囡仔啊……」

「從小助人為樂的乖仔啦……」

「可惜啊，今年才四十二歲……」

海灣的鄉親們在談論著爸爸，回憶著爸爸年少時的點點滴滴。阿公、阿嬤站在人群的最前面。我站在阿公和阿嬤中間，沒有哭泣，任憑雨水打在我的臉上。阿娟、阿嬌、阿俊都來了，他們就站在我身後。

林家老屋

中午十二點三十分，一個車隊緩緩駛進了海灣，走在最前面的是一輛黑白色的中巴，車的前面用白色的布紮了一朵大大的白花。我知道爸爸就在那輛靈車裡。車開到路口的時候，車門打開了，走下來四位員警，穿著警服，一位抱著爸爸的遺照，一位抱著爸爸的骨灰罈，另外兩位以立正姿勢站立兩旁。

「爸爸……」

我一下跪了下來，雙手接過骨灰罈。我把骨灰罈靠近我的臉，可我聽不到那熟悉的聲音。骨灰罈是冰冷的，完全沒有一點屬於爸爸的溫度。我跪在泥水中，雨越下越大了，淚水和雨水在我的臉上彙聚。

「阿道，返（回）家來啦。」阿公和阿嬤在我身後輕輕地喚著。

人群中哭聲漸漸響起。

這時，從第二輛黑色的轎車裡下來了幾個人。我一眼就認出其中的一位，我的周叔叔是我爸爸最好的朋友。他也看到了我，我抱著骨灰罈跑過去。

「周叔叔……」

「阿兆，不哭，你還有我們，我們會永遠疼愛你。」

周叔叔牽著我，走到了阿公阿嬤身邊，拉著二位老人的手。

「阿爸、阿母，你們養育了一個好兒子，我是阿道生前的戰友，一起工作了十八年。以後，我就是你們的阿道。」

阿公和阿嬤聽完後淚流滿面。

村子裡的人來了，他們把紙轎子抬了下來。按照海灣的風俗，爸爸的骨灰罈要放在上面抬回去。車隊裡的人都下來了，他們走在人群的前面。

「謝謝！謝謝你們來接林忠道回家。」爸爸的骨灰罈抬進小院後，阿公走到人群中，向人們深深鞠了一躬。

我把爸爸的骨灰罈抱了下來，走進中堂，放在了左邊的木板上，爸爸的遺照也放了上去。在這個小院裡，族人為爸爸搭起了一個簡易的靈堂。人們開始弔唁了，這個平日裡安靜的漁家院子，今天擠滿了來自四面八方的人。

我跪在爸爸的靈前，看著他的遺照，看著他帽沿上那顆閃閃發亮的警徽。

晚上的時候，人漸漸散去了。阿嬤依然坐在屋簷下的木椅上，癡癡地看著中堂左邊爸爸的遺照。周叔叔把我從地上扶了起來，牽著我的手再一次走到了阿公和阿嬤面前。

「作為一名緝毒員警，我們渴望戰鬥氛圍，這個氛圍就像一個巨大的磁場，身在其中，就被它所吸引，在它的軌道裡旋轉。它會讓你不由自主地改變你自己。阿道中槍犧牲，毒犯負隅頑抗。對不起，阿爸、阿母。」

「仔啊，沒什麼對不起的啦。從阿道選擇緝毒工作那一天起，我和他阿爸就開始擔驚受怕的啦。但我們只有這一個囡仔啊，如今，白髮人送黑髮人啊。」阿嬤傷心地哭了。

「周警官，我們家阿蘭呢？」

「阿爸，阿蘭申請調前線工作了。」

「好啊，是我們林家的媳婦兒！」阿公突然大聲說道，拍了一下木椅的扶手。

「阿兆，過來，我有東西要給你。」周叔叔從包裡取出一枚警徽，我雙手接了過來。

「周叔叔，我爸爸有話留給我嗎？」

「當時，他渾身是血，已經說不出多少話了，臨終前他用盡最後一點力氣摘下帽子，指著上面的警徽，只說了一個『兆』字，這就是他的遺言了。」周叔叔的眼裡泛起了淚花。

「阿兆，你媽媽還有封信要給你。」周叔叔起身從袋子裡掏出了一封信。

我看了看阿公和阿嬤，輕輕打開。信上面媽媽只寫了一句話：不成功便成仁。爸爸送我一枚警徽，媽媽送我一句話，這就是我遲到的十一歲生日禮物嗎？

「阿母啊，阿蘭也有東西給您和阿爸。」周叔叔又從口袋裡掏出一塊手帕，遞給阿嬤。阿嬤顫抖著雙手打開，是媽媽的一縷頭髮。此時，我看到阿公和阿嬤的淚早已布滿了他們滿是皺紋的臉。

二

媽媽親手把爸爸的骨灰分成了兩盒，一盒留在她身邊，一盒送回海灣。周叔叔臨走時告訴阿公，媽媽說把爸爸的骨灰撒向大海，那是爸爸生前對她的交代。阿公點了點頭，叫周叔叔跟媽媽說，叫她萬事小心，他和阿嬤一定會把我好好養大。

回到家裡，我和阿公、阿嬤抱著爸爸的骨灰向海邊走去。我們踏上一條小漁船，阿公沒有開動引擎。

他說爸爸累了十八年，需要休息了，引擎聲會吵醒爸爸睡覺。他和阿嬤一人拿起一隻船槳，慢慢往東海口划去。我站在小船中間，頭上戴著孝布條，懷裡抱著爸爸的骨灰罈。過了島上不久，阿公就說：「阿兆，撒吧。」我打開盒子，捧起一捧爸爸的骨灰撒向大海，阿公和阿嬤平靜而又有節奏地划著船。我又含淚捧起骨灰撒向大海，親眼看著我的爸爸就這樣從我的手中隨著海風飄散而去。

「爸爸，我永遠愛您！」

東海口的海鳥們在不遠處盤旋飛翔，一聲一聲，像是在呼喚。

傍晚的海風大，從海灣漂來了許多紙蓮花，在海面上聚集著，慢慢連在了一起，隨

林家老屋

著海水的波浪而起伏。

我把最後一捧骨灰撒向大海的時候，阿嬤站了起來，對著海唱道：「兒啊，兒啊，你游向龍宮不要回頭，兒啊，兒啊，奈何橋上你不要忘記阿娘的懷……」這曲調我彷彿在夢裡聽過，阿嬤的聲音越飄越遠，這是阿嬤今生送給爸爸的最後一首歌。望著水天相接的地方，這就是天邊的讚歌。

「阿兆仔，你記住，這片海裡有你的父親，你的父親就是你心中的這片海。」說完後，阿公收起了船槳，小船隨著海水搖動著。

從此，這裡長眠著我的爸爸，他是我心中永遠的英雄。

夕陽西下的餘暉映在海面上，折射出一片紅色，今晚的海灣殘陽如血，湛藍的天空與藍色的大海融為一體。

爸爸的離去，讓阿公和阿嬤一下老了許多，他們的臉上爬滿了皺紋，海風彷彿要把生活的苦澀吹進他們的喉嚨。

我開始和阿公一起下海，去學著開我們家的小漁船。不管天冷還是天熱，我都會赤著腳在船上，阿公說腳板大才可以在顛簸的船上站穩腳跟。我和阿公開著小漁船，在島嶼旁穿梭，有時也捕一些海產。

上個星期六，我和阿公一起用條網捕了五桶梭魚，挑了幾條最大的帶回家，其餘的都賣給了魚販。當我把魚遞到阿嬤手裡的時候，她的臉上出現了久違的笑容。我問阿公，我要什麼時候才可以獨自駕船穿越北崖？阿公說再等兩年。

每天傍晚收船的時候，我總喜歡叫阿公帶著我穿過北崖繞海灣一圈才回來。不出海的時候，我就待在小院裡，陪著我的阿公和阿嬤。阿公還是會常常泡一壺烏龍茶，望著那片海。海在天邊，他是在遠望爸爸。

過了十一歲就是十二歲了，我一定要快快地長大。

今天是星期六，天剛濛濛亮我就起床了。穿好衣服，我把哨子戴在脖子上。院子裡靜悄悄的，我輕輕打開門出去了。來到海邊，我踏上我們家的漁船，學著阿公的樣子，拉開引擎，站在船頭，握穩了方向。漁船由慢到快，駛離了岸邊。我開著漁船到撒爸爸骨灰的海域轉一圈後，沿著阿公帶我走的航線加快了速度。這時，天已經大亮了。我開著漁船回到了海灣，遠遠地就看見阿公和阿嬤站在北崖上。岸邊已經聚集了很多人，阿娟、阿俊、阿嬌他們都來了，在北崖上呼喊著我的名字。我駕著漁船沿著海灣打著圈，沒有靠近北崖。

藍藍的海

藍藍的天

海鷗飛出雲翩翩

海上看日出

一天又一天……

阿娟赤著腳，追著我的漁船沿著海邊跑了起來，一邊跑一邊唱著。阿俊和阿嬌跟在她身後，朝我揮著手。我看了看他們，啟動了第三個檔位，把穩了方向，朝海中心駛去。然後右轉，開始往東面開去。海灣的背面是沒有人的，我站在船頭，嗖嗖的海風從我耳旁吹過。阿娟的歌聲，彷彿還迴響在耳邊。

小時候爸爸就告訴我說，北崖雖然地勢險要，但下面是沒有暗礁的，當地人都知道，所以越靠近北崖航行越安全。船行到山上腳下的時候，我熟練地調掉轉方向，啟動了第四個檔位，朝北崖駛去。

靠近北崖的時候，我屏住呼吸，站在船頭，那一刻，我想起了當年駕船穿越北崖的爸爸。

岸上的人越來越多，我遠遠望了一眼北崖，最高處站著的就是我的阿公和阿嬤。我握穩方向，平視前方，擦著岩石。

「過了！過了！」岸上一片驚呼。

我又繞回南面，調整了一下檔位，折回來準備穿第二次。第一次的經驗有了，第二次也不難。

「又繞過來了！過了！過了！二穿北崖，成年禮結束了！」

成功了！我看了看胸前的哨子，眼淚滴了下來。我從船上下來的時候，阿公和阿嬤都來接我。

「阿兆仔，你是我們海灣第一個十二歲就敢穿越北崖的男子漢！」

阿公走過來摸了摸我的頭說道。阿嬤站在旁邊，向我張開了懷抱。在她的懷裡，我想起了兩年前來到海灣，阿嬤第一次向我張開雙臂的時候。

「這個懷抱是能夠擁抱天地間一切生靈的宇宙，是一輪普照大地的太陽。」我抱著阿嬤，這個懷抱真的如我所說。

三

立秋了，海灣的天氣還是很熱。傍晚的時候，我站在露天陽台上吹著海風。突然，我看見北崖下面的沙灘上有幾個熟悉的身影。

我打開院門，向北崖跑去。

阿娟、阿俊、阿嬌，他們都在。看到我去了，他們對著我微微一笑。

「阿兆，阿娟要離開這裡了。」阿俊說道。

「什麼？」

「去讀國中，她在外縣市比賽唱歌得了第一名。」「阿娟，你要走了嗎？」

阿娟點了點頭。

「我阿嬸幫我湊齊了學費。她說我的兩個姐姐都讀大學了，希望我也好好學習，將來不求我有多大出息，最起碼可以和兩個姐姐說得上話。」

聽阿娟說完，我心裡為她感到高興。她的阿嬸我見過，一個又黑又矮的漁家婦女，每天都在養殖場那邊幫人家採龍鬚菜。

「阿兆，我們想去你們家吃阿嬤做的海鮮大餐，可以嗎？」阿娟問道。

「當然可以，現在就走啊。」我把他們帶進了小院子，露天陽台上恢復了往常的熱鬧。小黃雞們都長成大黃雞了，再也不圍著桌子吵著打轉了。阿嬤為我們做了一桌子好吃的，她笑呵呵地坐在旁邊，看著我們用手抓、用筷子夾，吃得像一隻小花貓。

遠處海上的漁火亮起來的時候，我們才依依不捨地散去。

阿娟走的那天早上，我們都去送她了。她穿著一條紅色的連衣裙，一雙白色的小皮鞋，頭髮齊肩，還戴著一個漂亮的蝴蝶結髮夾，她真的變成了白雪公主。

快上車時，她又跑回人群中，抱了抱她的小弟弟，我看到她的新媽媽用衣袖擦了擦眼睛。

車子開走了，阿娟對著我們揮手。阿俊哭了，阿嬌也哭了，我們都看不到阿娟的表情。這時，一陣熟悉的歌聲又飄進我的耳朵。

藍藍的海
藍藍的天
海鷗飛出雲翩翩
海上看日出
一天又一天……

海灣的父老鄉親們在那個朝霞滿天的早上，在海風中站了很久很久，每個人都在回憶著那個一年四季都光著小腳丫，在海灘上尋找貝殼的女孩。

林家老屋

阿娟走後，經常託人為我們帶來好吃的，還有信。阿俊和阿嬌還來小院做客，常常談論起我們的那些快樂日子。

爸爸走了一年了。媽媽不常來信，我知道媽媽為了那句「不成功便成仁」的話，去完成爸爸未完成的緝毒事業。

今天是爸爸去世滿周年的日子，我一大早就起來了。收拾完畢後，我抱著爸爸的牌位和阿公一起向林家祠堂走去。來到祠堂門口，四扇雕花大門大開，林家族人都在裡面坐著。看到我來了，他們都站了起來，但並不行禮，因為爸爸的輩分低，站在牌位前面的都是他的長輩們。阿公在祠堂裡靠右的位置坐了下來，看著我在長輩們的指揮下完成各種禮節。禮畢後，我端端正正地把爸爸的牌位放在了倒數第二層指定的位置，然後跪下，給爸爸磕了三個頭。

「阿公，爸爸的位置為什麼放在倒數第二層呢？」「阿兆仔，牌位是按輩位來的，這是靠後的幾個字輩，在這之前，還有很多啦。」

「我是成字輩的，那爸爸是建字輩的？」

「嗯。」

「那爸爸為什麼叫林忠道呢？」

「阿兆，尊道貴德，堅守忠道。」阿公一字一句地說道。

望著爸爸的牌位，我似乎聽明白了。

走出祠堂時，阿公忙著和林家長輩們打招呼。我四處看了看，突然發現今天林家老屋的門打開了。

「阿公，你先回去吧，我過會兒就回來。」

「好吧，記得早點回來吃飯。」

我邁過了高高的門檻，走進了林家老屋。正對著大門的地方有一個戲台，台前面只擺了一張凳子。這棟房子總共分為上下兩層，我從下走到上面去，裡面有十四個通道。抬頭向上看，在房檐角上，還雕刻有神獸的造型，裡面的廳堂全是大開間的。整幢老屋沒有看見一個人，我能感覺到的就是神祕和莊重。沿著樓梯往下走，突然一陣聲音讓我加快了下樓的腳步。

戲台上，幫我包紮傷口的那個阿公出現了。他把一個木偶提在手裡，在桌上表演著，馬蹄聲、廝殺聲，全部出自他的口中。

爸爸告訴過我，海灣的提線木偶最多的有三十二根線，最少的也有二十四根線，提線木偶演得最好的就是我們林家的三叔公，他能把《三國演義》全部背出來。我走到戲台中間，在那個凳子上端端正正地坐了下來。許多年以前，我的爸爸就是坐在這裡，看著這些提線木偶的表演，知道了許許多多關於英雄的故事。三叔公的手指靈活控制著手中的線，木偶們在他的手裡完全有了生命。

三叔公沒有抬頭看我一眼，而是自顧自地演著，繪聲繪色。

林家老屋

「話說當年公孫瓚討伐袁紹，落敗於袁紹手下大將文醜，奔逃中見草坡左側轉出個少年將軍，飛馬挺槍，直取文醜，公孫瓚走上坡去，看那少年，生得身長八尺，濃眉大眼，闊面重頤，威風凜凜，與文醜大戰五六十合，勝負未分。瓚部下救軍到，文醜撥馬回去了。草蛇灰線，伏脈千里……」

國家圖書館出版品預行編目資料

天歌 / 陳言熔著 . -- 第一版 . -- 臺北市：崧燁文化，2020.11
面； 公分
POD 版
ISBN 978-986-516-504-8(平裝)
857.7 109016362

天歌

作　　者：陳言熔　著
發 行 人：黃振庭
出 版 者：崧燁文化事業有限公司
發 行 者：崧燁文化事業有限公司
E-mail：sonbookservice@gmail.com
粉 絲 頁：https://www.facebook.com/sonbookss/
網　　址：https://sonbook.net/
地　　址：台北市中正區重慶南路一段六十一號八樓 815 室
Rm. 815, 8F., No.61, Sec. 1, Chongqing S. Rd., Zhongzheng Dist., Taipei City 100, Taiwan (R.O.C)
電　　話：(02)2370-3310　　**傳　　真**：(02) 2388-1990
總 經 銷：紅螞蟻圖書有限公司
地　　址：台北市內湖區舊宗路二段 121 巷 19 號
電　　話：02-2795-3656　　**傳　　真**：02-2795-4100
印　　刷：京峯彩色印刷有限公司（京峰數位）

定　　價：260 元
發行日期： 2020 年 11 月第一版
◎本書以 POD 印製